秘響交音

華語語系文學論集

辛金順 著

序

　　金順在臺灣就學十九年，大部份的時間都待在中正。可以說，人生最美好的青春都在中正這片校園中渡過。他的碩士論文以錢鍾書小說主題思想為研究對象，論點別具創意，見解獨到。他進入博士班，來找我指導，我感到無比光榮。他是那種你一生中才遇到幾個的學生，集思考、創造、用功於一身，一直都以才情凌鑠朋輩，著稱於師長。我們分享著對知識的狂熱、對創作的痴心，甚至是對圖書這種物質文化的執迷。他創作的才情洋溢，早已在馬華文學中樹立他自己的地位；然而他搜集的書近萬本，幾乎是遇書必買，真不在我之下；就連他的閱讀的廣泛，也常常教我自歎弗如，那便是難能可貴了。

　　我對金順，或在向其他朋友提起金順時，經常掛在嘴邊的一句話，是我與金順，名為師生，實為益友。他常常陪我散步。記憶裡攤開我們一起走過的時間，比我所有的學生加起來走過的公里數都要漫長得多。黃昏了，我們沿著校園的外環道路撿拾那些追逐著葉影掉落的靄色，直到從我們的掌縫露了滿地的靄色一層又一層地沉重了，變為夜色，天上人間各自端出了一盞盞的星光與燈光，映著我們與腳步連響的話語，文壇佚事、學界動向、閱讀心得。到了近來這幾年，他像一隻蠶，不斷吃入愛情的桑葉，做了一隻完美的繭把自己縛起來，論文寫不下去，創作也呈停頓，最後失去了許許多多的機會，生活簸頓到無以為繼，他向我

一遍又一遍，重複提起的，是這種存在的困境，很像是我們在校園裡繞著的圈子。在這時候，金順天性裡超越貨幣價值可估量的性情，尤其讓我感動。儘管褲袋底沒有幾塊錢，他還是搶著飯後付賬。

知識可以討論，感情卻是個別人生的習題，痴長於金順，我傾聽他如何修行他的感情，除了給他若干長輩應給的頗制式的忠告，只能祝福他有一日終能獲得正果。如今儘管正果還略有一點距離，他到底寫完了論文，通過學位考試，在無數挫折後，在他的故鄉找到他的學術事業開啟的契機。做為金順的師友，我多麼地高興。金順終於明白他不必去做一隻困守的蠶，而是一隻可以擁有整片天空的蝴蝶。

博士班期間，金順曾修過我所開授的「女性文學理論與實際」及「現當代文學及其思潮」兩門課。他的想法細膩深刻，總能提出具有建設性的問題供師友切磋討論，帶動良好的氣氛。課堂報告後來分別發表於《中外文學月刊》、《書評雙月刊》及《自由時報・週日評論》上，依序是下列的這幾篇：〈文本、影像與女性符號的再複製──論張愛玲的小說電影〉、〈女子絮語──論平路《凝脂溫泉》的閨閣敘述〉刊登於《書評》雙月刊、〈女體神話──論郝譽翔〈洗〉中的女性存在話語〉、〈子宮迷圖──心岱《地底人傳奇》的生態書寫論〉，它們成為本書的主軸，在十二篇論述裡佔了一半。雖然是男兒身，可能外於女性主義的經驗之談，但金順在女性研究中的表現，卻令人驚豔。這也許是人類原本即隱含著雌雄同體（Androgyny）的基因，也許是因為糾纏著他的愛情之網，教他更深入地去認知了女性特質。因而，我個人以為本書論文系列之白眉，是列在首篇論張愛玲的〈文本、影像與女

性符號的再複製〉。在這篇論文裡，金順探討的命題是，當小說被翻編為一部電影、文字退位給影像之轉換過程中，所涉及的「媒介類型內部的權力抗辯、符號的意識對置、敘述的形式解構等等問題。」與一般研究不同的是，金順出入當代西方文學理論，下筆時卻總能清晰流暢，毫無生難讀之感。

有時候，他的語言保存著詩那樣意象化的思維，如他以「子宮迷圖」喻心岱《地底人傳奇》的生態書寫，下語之精準、妥貼，真是令人印象深刻。在論平路《凝脂溫泉》「世紀末閨閣，是女性一縷魂魄的歸宿，還是畫屏上的夢囈」，論郝譽翔的〈洗〉裡，在展開女性身體與世界之關係的論述時，他用希臘神話為引喻，一下筆就引人入勝，幾乎能與他所探討的文本比美了，請看這一段：

> 「尼奧貝（Niobe）女兒，在沉寂的時間中凝視著自己裸露的身體時，她內在的世界也由此敞開，並不斷與外在的存有進行了一系列對話，使其長久來遮蔽在深黯體內的欲望、心靈與精神得以開顯。」

除了探討女性作品，深得個中三昧，面對的類型更跨越詩、散文、小說，可以看到金順做為一個作者的特殊感情如何裨益他穿越文字或類型的表層，長驅進入作品之內裡，與作者對話，同時也看到不同類型創作的跨越與鎔合，如陳大為的作品是詩的另類散文步法，教人看了莞爾一笑。

金順收載於本書的論述，使我們深沉珍惜華語文中的文人傳統。當西方，評論與創作為兩條道路，有時前者對於後者還必須有所掩諱，以免創作者的身分影響了評論者的工作，因為個人或社群關係而出現偏頗的評價，華語文卻一直是以無龍淵之利，何以議斷

割的思維使得創作經驗成為論述必要經過的一座橋。從金順這本論
集可以看到兩者互為文本如何強化了論述的品質，造就其可讀性。

　　這本書既是金順第一本評論或論述的結集，在金順的生命史上
自扮演著重要的角色。各篇文章固然在論題的設定、切入的視角、
語言的運用、隱喻的縮結等等，各有可觀，在秘音交響處發揮著作
者慧心與功力的靈光，但在篇幅上，在討論對象的抉擇上，多少仍
有輕的感覺。未來很可能是華語文學界重要的新人，我會期待金順
更有系統、更具重量如〈文本、影像與女性符號的再複製〉一文，
或甚至更重要的論述出現。

　　　　　　　　　　　　　江寶釵　於台北文水樓
　　　2012 年開春（序者為國立中正大學台灣文學所所長）

目次

文本、影像與女性符號的再複製

——論張愛玲的小說電影

一、跨界空隙間的想像話語

　　當小說被翻編為一部電影，或文字退位給影像時，在這轉換過程中，無疑涉及了媒介類型內部的權力抗辯、符號的意識對置、敘述的形式解構等等問題。在此，我們姑且不去論及電影外延的商業期待與市場效應，而就其內在從文字文本轉移到影像文本的生產，跨界之間互文指涉（intertext）的差異性，以及做為兩種不同符碼言說的實踐與理論基礎，甚至其背後的意識認知而言，其間是否具有一個更清楚的界線？這似乎成了小說電影觀眾所必須去思考的問題。就如帕索里尼（P.Pasolini）所指出的，文學語言中的技巧不同於電影的詩意表現，電影以鏡頭下的形象符號構築「一個記憶和夢的世界」，與文學語言以一切說話人做為工具性語言機制是不同的[1]。換言之，小說的展現和影像的演繹，在個別的符碼結構下，各自提供了不同的想像空間與感知意識，而成了兩種不同的意義。因此，由小說改編成的電影，無論如何

---

[1]　引自羅納德·阿勃拉姆森（Ronald Abramson）的〈電影中的結構與意義〉，參見艾柯（Uberto Eco）等著，李幼蒸選編《結構主義與符號學》，台北：桂冠出版社，1998。頁54-56。

忠於原著，總不免還是存在著無法觸及與填補的空隙。所謂以影像「再現」或「再複製」文字的靈光之說，無疑也就成了一種荒謬的神話。

　　而在這荒謬的神話裏，我們常會閱讀到兩種類型的評論，其一是評論者感嘆電影剝削了文學，讓被改編的小說扭曲與變形，甚至小說的精神完全被電影閹割掉[2]。另其一則是認為導演對小說過於忠誠，服膺於其語言結構，而喪失了電影獨特的風格[3]。乍看這兩類極端的評論，前者強力為文字「召魂」，後者則堅持為影像「守靈」，相映成趣，別有意曲。然而攝影機中的影像符碼與鋼筆下的文字遊戲，是否有必要相同？改編的電影在忠於原著的影響焦慮下，又如何擺脫小說的魔咒，而自成風格？從這些問題中回頭審視文字到影像轉移與構合的過程裏，期待的視域是不是應該就此單純地停留在「改編」與「忠實於原著」的糾結上？還是應該以更開闊的視野，允許電影對小說進行改造？即使是忠於

---

[2] 如黃建業在〈孤戀花——被商業扭曲的文學電影〉一文中，論及白先勇〈金大班的最後一夜〉在被拍成電影後，指出電影淡化了小說主角所具有的歷史與時代感，而淪落成了一齣通俗濫情的舞女哀史，就是最好的例子。參見焦雄屏主編：《台灣新電影》，台北：時報出版，1988 年，頁348。

[3] 蘇珊在〈「紅玫瑰與白玫瑰」出了岔子〉中認為關錦鵬無法跳脫張愛玲小說的陰影，過於服膺張愛玲小說的結構，造成電影無法超脫小說而獨立（《電影雙週刊》第 409 期，1995，頁 106）。另一位評論者梁子波在〈「紅玫瑰與白玫瑰」一場誤解〉則認為，關錦鵬在電影中的最大敗筆，是將張愛玲的小說，一字不誤地抄在影幕上（《電影雙週刊》第 409 期，1995，頁 68-70），李歐梵也認為做為一部電影，〈紅玫瑰與白玫瑰〉不算成功，因為導演太忠實於張愛玲的故事。見李歐梵著《上海摩登》，北京大學出版，2001 年，頁 350。

原著,在導演掌控著的攝影機背後,以及影像意義結構間所隱藏的言說,是否必須與小說作者相同?

在這一系列問號裏,我們嘗試以張愛玲小說改編成的電影做為探索的對象,主要原因是張氏曾在四〇年代到六〇年代之間,寫過不少的電影劇本,而且其小說是少數最具有電影感的文本之一[4]。然而在被翻拍為電影的四部小說中,不論是許鞍華導演的《傾城之戀》(1984)或《半生緣》(1997)、但漢章導演的《怨女》(1988),還是關錦鵬導演的《紅玫瑰與白玫瑰》(1994)等,在上映後都未獲好評。誠如馬家輝所說的:「到目前為止,中港台導演群裏似乎仍然無人通得過『張愛玲考驗』」[5]。這正彰顯出張愛玲文字的迷離與魅力,非一般影像符碼所能收編的。小說中所形成的美學時空,在美麗而蒼涼的凝視裏,卻被鏡頭解構掉了。因此,搬上銀幕的,只剩下情事的表象,以及影音的自我演出。然而,電影所表現的風格是這麼簡單嗎?在文本與影象的互涉中,或敘述模式的轉換間,是否還隱藏著另一些想像,或另一種無聲的言說?這正是本文所希望探討的主要問題。

---

4 張愛玲的電影劇本創作,最早是出現在 1947 年的《不了情》與《太太萬歲》。後來張氏到香港後,為電懋公司寫了十個劇本,除了改編自美國麥克斯.舒爾曼(Max Shulman)的舞臺劇《溫柔的陷阱》(The Tender Trap)為《情場如戰場》之外,其餘的有《南北一家親》(1962)、《小兒女》(1963)、《六月新娘》、《人財兩得》、《南北喜相逢》、《一曲難忘》、《魂歸離恨天》(1964)、以及《紅樓夢》上下集。其劇本以諷刺及愛情喜劇為主。相關資料參考周芳伶著《豔異——張愛玲與中國文學》,台北:遠流出版社,1999 年,頁 340-362。

5 馬家輝〈愛情的感覺……〉刊於《星島日報》(香港)2001.7.28。

二、視覺性對小說文本的影響

　　周蕾曾在論述中國電影的文章中，提出了關於「技術化視覺性」（The Technologized visuality）對中國現代文學的影響是非常巨大之說。她指出，不論是攝影、幻燈片或電影等現代媒體所產生的視覺影像，都曾為一些中國作家帶來了內心的震撼與衝激。最典型的例子是魯迅「幻燈片事件」，從影幕上看到自己同胞被外國侵略者砍頭的恐怖場面，以及旁觀者麻木的臉孔，讓魯迅產生了極大的震驚與困惑，而促使他後來走向寫作的道路，以文字醫療國民的病態心理。然而，從另一方面來看，影像媒體的直接，視覺性的刺激，無疑也讓魯迅意識到一種新興媒體的力量與威脅：「在行刑奇觀使魯迅認識到跨國帝國主義時代中國危難的同時，它也展示了一種清晰的、直接的以及看似透明的新『語言』的令人羨慕的效力」[6]這樣的雙重震撼，啟發了他在推動文化轉型的決心。而三〇年代的小說家，雖然沒有魯迅的際遇，但在二十世紀初新媒體所帶來的視覺性之影響下，都必須擴大自己的文學思考與視野，讓書寫與視覺呈述交融，而產生出新的敘述技巧與話語模式。是以，不論是茅盾、郁達夫、巴金、沈從文、蕭紅、丁玲等人的作品，無不在此電影視覺性影響中留下了痕跡。

　　至於做為現代化拱廊（arcade）的上海，視覺媒體早就深入上海的市民生活之中了。電影更是市民大眾的熱門娛樂活動，大部分上海作家如新感覺派的劉吶鷗、施蟄存、穆時英等，都是電

---

[6]　見周蕾《原初的激情——視覺、性慾、民族誌與中國當代電影》，台北：遠流出版社 2001。頁 28。

影的愛好者，因此他們的作品也不可避免地深受影像技巧化的影
響。而張愛玲在這方面的影響尤其顯著，在其小說中，不論對時
空的剪接、女性形像的刻劃、男女的情愛關係、主客對位的處理、
敘事角度的觀照等等，無不處處顯露電影手法和技藝的刻痕。如
她在〈自己的文章〉一文中所談及的「參差對照」美學：「我喜
歡參差對照的寫法，因為它是較近事實的。……我用的是差對照
的寫法，不喜歡採取善與惡，靈與肉斬釘截鐵的衝突那種古典的
寫法，所以我的作品有時候主題欠分明。」[7]易言之，張愛玲的寫
法並不刻意凸顯極端的比對，不銘刻國史族事，更不會將悲喜放
大為時代的笑淚夢影；有的，只是一群小人物的生活，在戰爭、
愛情、婚姻，以及回憶裏相互照映，而疊進大時代的畫卷，卻如
交錯的鏡頭在不同的時空間穿插，浮華樸實，參差對照，將大時
代中的小情小愛，錯落有致地迴映出來，不悲壯不激烈，卻淡定
而滄桑，孤絕而荒涼。因此，行走在張氏筆下的角色，從白流蘇、
范柳原、顧曼楨、沈世鈞、許叔惠、佟振保、王嬌蕊、孟煙鸝等，
他們在庸俗平凡的生活中，因為時空的錯置，造就了一個個傳奇
性的戀愛故事。然而這樣的傳奇，在被時代拋棄的逝水年華裏，
卻只剩下惘惘的荒涼。如《傳奇》的再版序言：

---

[7]　參見《流言》，台北：皇冠出版社，1994 年五刷。頁 18。全文為：「我喜
歡參差的對照寫法，因為它是較近事實的。〈傾城之戀〉裏，從腐舊的家
庭裏走出來的流蘇，香港之戰的洗禮並不曾將她感化成為革命女性；香
港之戰影響范柳原，使他轉向平實的生活，終於結婚了，但結婚並不使
他成為聖人，完全放棄往日的生活習慣與作風。因之柳原與流蘇的結局，
雖然多少是健康的，仍舊是庸俗。」又：「只是我不把虛偽與真實寫成強
烈的對照，卻是用參差的對照手法寫出現代人的虛偽之中有真實，浮華
之中有樸素。」（頁 21）

> 將來的荒原下,斷瓦頹垣裏,只有蹦蹦戲花旦的女人,她
> 能夠夷然地活下去,在任何時代,任何社會裏,到處是她
> 的家。(1991a:8)

人物與時間在虛實的對照,或相映互涉下,而從敘述者對角色的嘲諷、同情、哀矜聲調中穿梭過去,疊入想像,令人產生了近乎視覺性的影像感。「參差對照」的敘事美學理論,正突顯了張愛玲小說藝術的精采,在這裡,虛的是舞臺上的傳奇敘述,實的是舞臺下的生活,張愛玲常常以戲諷喻現代人生,讓新舊重疊而衍生了反諷的意味,尤其是對角色的行為與心理變動,在時代的推移間,或歲月的浮沉後,遂有了更深一層的銘刻。而這種創作的表現手法,如調動著變焦的鏡頭,在移動之際,細部地將角色潛意識的世界呈現出來,使內在的真實素樸與外在的虛偽浮華參差對照,並形構了張氏小說人物在紙面上所演出的蒼涼美學。

實際上,張愛玲很早就對電影產生興趣了。依據她弟弟張子靜的回憶,張愛玲在讀書時就看了很多好萊塢電影,如〈閨怨〉(1934,The Barrette of Wimpole Street)、〈再生緣〉(1936,The Journal of A Crime)、〈亂世鴛鴦〉(1937,Wells Fargo)、〈夏娃女士〉(1941,The Lady Eve)等等,甚至美國的電影雜誌如《Movie Star》、《Screen Play》都成了她的床頭書,故電影對她而言已成了最迷戀的娛樂[8]。所以,不論是好萊塢的產品,還是當時「中聯」與「華影」所拍攝的娛樂影片,尤其是以家庭愛情糾葛為素材的,是她最為熟悉,這也可從她所寫的一些影評窺見一斑[9]。因此張氏

---

[8] 參見張子靜《我的姐姐張愛玲》,台北:時報文化出版社,1996,頁117。

[9] 張愛玲在四〇年代曾評過〈梅娘曲〉、〈桃李爭春〉、〈借銀燈〉、〈萬紫千紅〉、〈燕迎春〉、〈新生〉、〈萬世流芳〉、〈漁家女〉等等,後來還寫了劇

的小說創作，往往是朝著電影視覺性內傾，而被媒介化了。〈傾城之戀〉就是最佳的一個例子，它的開頭宛若舞台劇，以胡琴拉出了序曲，此後人物的發展與時空的轉換，好像是在電影鏡頭組合下推展，而完成了一個充滿傳奇性的戀愛故事。在此所謂的「傳奇性」，是電影模式的，因為從現實面而言，白流蘇以一個文盲又缺乏個性的傳統女子，是不太可能和身份與她懸殊的范柳原成為相稱的情侶，然而小說卻逆反現實，最後是以美滿結合做為收場，因此李歐梵在〈淪陷都會的傳奇〉中指出：「所以也便不難證明，只有在電影中他們的傳奇才有可能性。我相信張愛玲是把好萊塢喜劇的敘述模式，挪用來表現角色在最初求愛階段中，那誤置的企圖和個性的衝突。」[10]，換言之，這類劇情只有在電影中或舞臺上才可能出現，在現實人生裏發生則無疑成了一則傳奇。尤其是香港的陷落，對照著白流蘇在愛情與婚姻中的圓滿結局，使得傳奇敘事在傳奇中充滿了喜劇與浪漫性反諷（romantic irony）的韻味。這與一些三〇年代末好萊塢所拍攝的愛情婚姻電影，如〈滿庭芳〉（1937，Three Smart Girls）、〈愛情的勝利〉（1938，Love Laughs Later），〈今宵良緣〉（1939，Love Me Tonight）等，所塑造的愛情糾葛與圓滿浪漫的結局，以及女性在電影中對愛情的瑣碎考量與私心反覆等等情態，頗有異曲同工之妙。由此，我們可以從中窺見張愛玲受到好萊塢影劇影響的點點痕跡了[11]。

作〈太太萬歲〉、〈不了情〉、〈情場如戰場〉、〈一曲難忘〉與〈魂歸離恨天〉，由此明顯可以看出她對電影的熱愛，以及對電影技巧的瞭解了。因此「技術化視覺性」對她的小說創作技巧之影響，亦自然可想而知。

10 見李歐梵著、毛尖譯《上海摩登——一種新都市文化在中國 1930－1945》北京大學出版社，2001，頁 308。

11 所不同的是，在張氏所書寫的愛情婚姻的傳奇裡，卻以現實之筆勾勒出

　　即使由《十八春》改寫成的《半生緣》，或從〈金鎖記〉衍繹成的《怨女》，都難以脫離電影視覺性的影響。感情的錯置、戀人的錯失、歲月的錯過、記憶的錯落，拼貼成了一格格影像，在整個情節演進中淡出淡入。如《怨女》以少女銀娣在哥哥麻油店裡，遭受鄰居木匠假借買油喊「大姑娘，大姑娘」的戲耍為開場，然後夜裏蓬蓬蓬的打門聲，悠悠地穿過了銀娣一生幽深孤寂的歲月，而在小說結束時全化為老年時惘然的回憶：

> 她不由得想起從前拿油燈燒一個男人的手，忽然從前的事都回來了，蓬蓬蓬的打門聲，她站在排門背後，心跳得比打門的聲音還更響，油燈熱烘烘燻著臉，額上前劉海熱烘烘罩下來，渾身微微刺痛的汗珠，在黑暗中戳出一個個小孔，劃出個苗條的輪廓。她引以為自慰的一切突然都沒有了，根本沒有這些事，她這輩子還沒經過甚麼事。『大姑娘！大姑娘！』在叫著她的名字。他在門外叫她。（1991b：197）

　　這種類似蒙太奇（montage）的電影手法，以跳接與變換鏡頭的方式，將兩個不同時空的場景相互對照並重疊起來，使夢境與現實互換，而完成了電影詩學的內在敘述[12]。除此，畫面在隱

了隱藏在中國倫理背後，女性居於父權體制下所形成主體喪失與身份邊緣化的龐大壓抑和焦慮，或婆媳的衝突，母女的矛盾等等，這些在她文字構成的世俗傳奇中，已超越了好萊塢電影的虛幻與浪漫氣氛，而迴向女性命運的自覺和省思了。

[12] 做為電影的情緒反應，通過幾個鏡頭的剪接與重疊，而讓整個畫面聯繫起來，並衍生出另一層意義的蒙太奇手法，在許多電影中常可見到。而二〇年代蘇聯電影的主將，愛森斯坦（Seigei Eisenstein）在其蒙太奇理論中，就特別強調，只有鏡頭的相互作用，才能產生涵義，也只有通過

喻與轉喻的運行中，不但揭開了銀娣深層的潛意識心理，也挖掘出了她長久以來壓抑的感情世界，進而加強了藝術的表現與感染力。至於《半生緣》裏顧曼楨與沈世均在戀情錯失十四年後的重逢，以及〈紅玫瑰與白玫瑰〉中佟振保與王嬌蕊在分開後多年於電車上的再遇等等，無疑顯示了張愛玲小說在情節模式上向電影化內傾的一種特色。由此，也可以窺見電影視覺性與張氏小說創作之間所形成的深層內在關係了。

　　總而言之，三〇年代的視覺性媒介，不但對中國的出版文化，甚至書面文學，尤其小說留下了極大的影響。張愛玲在如此文化氛圍中，自然不可免俗地從電影視覺性中得到啟發，並且在小說中大量引入種種電影手法，而擴大了其創作之主觀視野。因此閱讀張愛玲的小說，就好像在觀賞一個片段又一個片段的電影，其間幽微與細緻處，難以言詮。然而在此弔詭的是，處處顯示著電影技巧手法的小說，在翻拍成電影後，卻失去了它的風格原味，這到底是甚麼原因？問題何在？

三、影像凝視的自我構成

　　我們再次回過頭來看，將張愛玲小說搬上銀幕的三位導演，其中許鞍華與關錦鵬是香港人，而但漢章則屬於台灣身份。出資拍攝的分別是邵氏（〈傾城之戀〉）、東方（〈半生緣〉）、中央（〈怨

蒙太奇的組合，不斷更換視覺角度，讓不同的時空可以在同一畫面重疊，才能讓情感激烈的撞擊，生成更豐富的意義。這樣一種電影技藝，在張愛玲的小說敘述中，常化為一種潛意識的語言，穿越時間的順序，以呈現心理的變動，或觀察生命的進程。故張氏小說敘事技巧的多變，或可視為其對蒙太奇技巧的吸收。

女〉）與嘉禾電影公司（〈紅玫瑰與白玫瑰〉）。這些導演全都是資深輩，在此之前拍過不少的作品，而製作的電影公司又具有雄厚的資金，因此改編的電影應該是令人充滿期待才是，然而事實卻是相反，這四部電影似乎並未通過張迷的廣泛接納，即使是〈紅玫瑰與白玫瑰〉曾得過金馬獎，而〈半生緣〉也獲得了一些香港作家與影評人的稱許[13]，唯許多評論者卻指出影像化削刪了張氏小說中的語言張力、人物心理描寫與文字的餘韻，換句話說，電影去掉了小說的靈魂，而成了缺乏精神的翻版作。如林奕華就認為許鞍華完全糟蹋了〈半生緣〉[14]，〈傾城之戀〉與〈怨女〉卻落入了傳統保守的電影架構[15]，人物都被扁平化，以致性格盡失。在此，我們發覺到電影似乎並無法通過媒介的跨界，翻轉出張愛玲小說的情韻與意味，尤其是她筆下那蒼涼與荒涼的姿影，更遑論在不同文化與時空情境下與她進行對話了。因而，影像符碼在轉喻過程中彷彿失去了焦距，而抹消了原著的特有風格與敘述話語，讓張迷身份的觀眾在原有想像的期待中，因找不到熟悉韻味而產生了失落感。

---

[13] 如也斯認為許鞍華拍得還不錯：「至少它體會了原著中比較含蓄微妙的心理和人際關係，而且拒絕用誇張煽情的手法去處理。」（〈重讀「半生緣」〉：香港信報，1997.9.20）；蔣芸則覺得許鞍華將小說中人物那份身不由己，又無奈與又感傷的情緒拍出來了，而且此片「自然、流暢，有氣氛，又戲味，平淡而細膩，哀而不傷。」（〈向許鞍華致歉〉：香港信報，1997.9.20）；石琪也指出，〈半生緣〉拍得比預期好。（〈女人的大敵就是女人：「半生緣」〉：香港明報，1997.9.16）。

[14] 見林奕華發表於香港信報的〈許鞍華糟蹋了半生緣〉，1997.9.11。

[15] 參閱曾偉禎〈如藕絲般相連──張愛玲小說與改編電影的距離〉，《聯合文學》第十一卷第十二期（總期 132），1995 年 10 月，頁 34 至 36。

　　然而，瞭解電影的人都知道，不論電影在改編上是如何忠實服膺於張愛玲的小說原著，可是小說語言的魅力最後還是會在膠卷上脫落的。因為電影在它翻拍完成後，已然成了另一個獨立的藝術個體了。如班雅明（Walter Benjamin）在〈機械化再生產時期的藝術品〉一文中提及，機械化的「複製」與「再現」，將會造成藝術品的靈光消散，並抹去個人獨特的風格[16]。雖然班雅明的目的是在於闡述複製時代的來臨，所導致傳統的崩潰與商品文化產生的演變，但將它移繹到對張氏小說被改編成電影的面向上來觀察，也可適切的說，以影像翻製的小說，已不太可能再重現作者的風格情韻與文化情態了。這其間的差異，實際上無關忠不忠實於原著的問題，而是媒介類型移易後所產生的必然落差，畢竟小說文字與影像符號，是分屬在兩種全然不同的符碼系統之內，在紙面上所營造的意象與在銀幕上所展示的視覺影像，是無法進行對等的情韻轉換，最明顯的例子是在〈傾城之戀〉中，小說寫到白流蘇在上海老家受盡哥哥嫂嫂冷嘲熱諷與奚落時，氣得渾身亂顫，「把一雙繡了一半的拖鞋面子抵住了下頜，下頜抖得彷彿要落下來。」（1991a:190）以及她躲在堂屋裏的無依感：

> 兩旁垂著硃紅對聯，閃著金色的壽字團花，一朵花托住一
> 個墨汁淋漓的大字。在微光裏，一個個的字都像是浮在半

---

[16] 相關闡述可參見班雅明著，許綺玲譯〈機械複製時代的藝術作品〉，《迎向靈光消失的年代》，台北：台灣攝影工作室，1998 年，頁 57-102。文中所強調的「各種複製技術強化了藝術品的展演價值」（69），同時也將造成藝術質的改變，在後現代化的過程中，是相當令人矚目與精闢的論述。

> 空中，離著紙老遠。流蘇覺的自己就是對聯上的一個字，
> 虛飄飄的，不落實地。（1991a:194）

　　這樣的文字張力，實是很難運用影像來處理；同樣的，在另一片段，當白流蘇再次被范柳原從上海接到香港，兩個人在淺水灣旅店中倒在鏡面上時所演出的那一場情欲景象，張氏的刻劃與描寫是飽滿而細緻的：

> 他們似乎是跌到鏡子裏面，另一個昏昏的世界裏去了，涼
> 的涼，燙的燙，野火花直燒上身來。」（1991a:220）

　　文字是從鏡子銘刻到人的心理去，以及從樹的色彩寫到情欲深處，這樣一路火紅地燒下去，把紫藍的天燻紅，也燒到了身上來。然而小說中這些充滿心理欲望的意象，落在電影裏，卻只是紅豔豔的花瞬眼而過，並未讓人帶來太多的想像空間。甚至連許鞍華都不得不承認，類似此一色彩意象與情欲象徵，根本是無法處理的[17]。同樣的，在〈紅玫瑰與白玫瑰〉裏，張愛玲寫到佟振保第一次見到王嬌蕊時，是經由嬌蕊洗頭後留在浴室那些鬈曲的頭髮切入，由此投射了振保心中那份難禁的情欲，以及未來糾纏的關係：「看她的頭髮！到處都是──到處都是她，牽牽絆絆的」，以及通過描繪嬌蕊的睡衣，深刻地勾勒出她狂野奔放的情感與誘惑的魅力：「那沙籠布上的印花，黑壓壓的也不知是龍蛇還是草木，牽絆攀藤，烏金裏面綻出橘綠。」，這些隱喻，以擬物（fetishism）轉入性心理描寫，幽微而精彩。但在關錦鵬的影片中，卻無法以影像將此細節放大，以致原有文字的隱喻被遮

---

[17] 參見李焯桃訪問許鞍華：〈許鞍華談「傾城之戀」：逼住有得 compromise！〉香港電影雙周刊，140 期，1984 年，頁 20。

敝,而讓人難以從影像中有所意會。甚至,電影還必須不斷運用插卡與旁白的方式,將無法以影像呈現的心理狀態及情節轉折,還原為文字一一展示出來。因此,從這些例子可知,由文字敘述轉換到攝影機敘述,其間永遠都存在著符號系統不同所造成的變數,或者是導演氣質與詮釋差異的問題。故想以原著要求電影必須服膺忠實度,則無疑就成了毫無意義的事。

所以,已故義大利導演帕索里尼很早就體認到這一點,他認為電影是極難展現出文學的內在隱喻,這種轉化性甚至是不太可能的[18]。而結構主義電影理論大師梅茲(Christian Metz)則更坦白地指出,小說讀者想在電影中找到自己心目中的原著,是一份夢想,「因為他眼前真實的電影,呈現的是別人的幻想」[19],換句話說,改編成電影的小說,已然成了導演在攝影機下的另一種詮釋與再創造了,而且影像在自我凝視(gaze)之中更成了獨立的藝術個體。在這種情況之下,導演的欲望凝視、美學展現與意識表達才是重要的指標,忠實原著的意義並不太重要。但這往往卻被許多文學電影評論者所忽略掉。

此外,在影像自我的凝視間,它已不同於過往的傳統電影,不再以故事(story)的方式呈現,而是以言說(discourse)的方式陳述。在此,做為視覺性的影像,無疑已投射了導演匿藏在攝影機下的欲望,以及欲望在影音美學中所建構的論述;這現象就彷如佛洛伊德(S.Freud)將潛意識幻想理論化一樣,連貫性地將

---

[18] 參見 D.G.Winston 著,周博基、梅文譯《作為文學的電影劇本》,北京:中國電影出版,1998 年,頁 63。

[19] 參閱曾西霸〈淺談小說改編電影〉,《電影欣賞》,90 期,1997 年 11 月,頁 90-103。

之戲劇化，進而展現出其內在的個人文化心理意識與企圖。導演為一主體，其位置乃成了一個特定發聲源系統的特徵，在影像的運轉中匿藏著自我的言說。是以〈傾城之戀〉與〈半生緣〉在許鞍華的手中，或〈紅玫瑰與白玫瑰〉在關錦鵬的攝影機下，都有了另一種聲音。因此如果從意識面上窺探，一部改編的電影在拍攝完成後，實際上與小說可以說是已然有所不同了。

接下來引發我們的問題是，在許鞍華與關錦鵬導演通過影像凝視下，所關注的是甚麼？其在鏡頭背後所隱藏的言說又是甚麼？是否純然為了還原張愛玲小說的魂魅，或複製她筆下那些活在父權文化壓抑中的女性符碼嗎？或是別有懷抱？另有所指？換言之，許鞍華、關錦鵬與但漢章在改編張氏小說，是否存在著借他人杯酒澆自己心中壘塊的意識與企圖？誠如彼得‧吉達爾（Peter Gidal）所指出的，電影本身就具有意識形態實踐的功能[20]，譬如文化建構、國族認同、歷史記憶等等。順此，我們將從他們改編的電影中，探討這些電影背後的敘述話語，進而循此脈絡去剖析與詮釋這些導演如何「借用」張愛玲的小說，來展開其電影詩學的同時，讓意識潛越影像之外，開展出另一種言說來。

四、女性符號複製下的戲仿與隱喻

在張愛玲的小說書寫中，女性角色可以說是無處不在。然而大部份的她們，卻在父權社會文化的制約中，成了被蠹蛀死在屏風上的白鳥，或被銅釘釘牢在玻璃匣子內的蝴蝶標本，最後全被

---

[20] 彼得。吉達爾〈結構／唯物主義電影的理論與定義〉，《結構主義與符號學》，台北：桂冠出版，1998 年，頁 295。

邊緣化或遺忘掉了。因此，女性的陰性荒涼與焦慮處境，在張氏的小說文本中四處飄浮，如〈怨女〉的銀娣；〈金鎖記〉的曹七巧；〈連環套〉的霓喜、〈沉香屑——第一爐香〉的葛薇龍；〈沉香屑——第二爐香〉的細嫋姐妹；〈半生緣〉的曼楨、曼璐、翠芝；〈紅玫瑰與白玫瑰〉的王嬌蕊與孟煙鸝，以及〈傾城之戀〉的白流蘇等等，她們所表現的內圍角色與從屬身份，造成她們身體的被貶抑，而成為「不完整的人」。另一方面，在宗法文化秩序的機制中，她們卻被內置化為妻、妾或情人，以致主體自我的喪失，而必須永遠處在他者（Other）的位置。因此，女性在張愛玲的小說文本上，都面向了匱乏與空洞的能指，並一步一步地走進了沒有光的世界。

在此，從張愛玲四部被翻拍成電影的小說窺探，不論是短篇的〈傾城之戀〉、〈紅玫瑰與白玫瑰〉；或是長篇的《怨女》與《半生緣》，女性都成了壓抑的符號，在心理、肉體、精神與情欲上，無法獲得紓解與宣洩。這些喪失主體的女性，最後無疑必須面臨到失落、棄置與遺忘的命運。如〈傾城之戀〉的白流蘇，離婚之後遇到范柳原，卻成了他的肉孿，即使一場戰爭改變了她的命運，但可以預知，在沒有經濟基礎之下，嫁給范柳原後，她的欲望、肉體與人格等，仍然還是必須面對無數的壓抑，甚至遺棄的可能。而〈紅玫瑰與白玫瑰〉中的煙鸝卻彷彿就是流蘇未來的縮影，在婚姻中完全喪失主動的空間，並隨時被男性任意宰制。這種主體自我喪失的存在情境，到了《半生緣》裏卻被深化為一種強暴與剝奪——即曼楨被姐夫祝鴻才在祝宅姦淫與囚禁，女性青春的身體被封閉與禁錮，正象徵著某一種死亡。而這種死亡狀態在《怨女》銀娣的身上展現得最清楚：也就是說當銀娣為了後半

世生活的穩定,而許配給殘廢傷缺的姚二爺開始,她的身體即宣告死亡,有的,只是她行屍走肉一般的人生。因此,從這些女性符號的串聯,可以連出一個女性主體性喪失的文化與歷史層次,進而深入挖掘出女性文本中有關於陰性壓抑與陰性荒涼的文學主題。

至於許鞍華與關錦鵬等導演改編上述的小說,並於電影中再複製這些女性符號,或者具有以下的考量與興趣:其一,他們都是張迷,對張氏迷魅的文字與通透的人情世故有一定的理解。其二,企圖以影像去追溯三、四〇年代的文化與時空情境。如許鞍華接受訪問並談及選擇翻拍〈傾城之戀〉,是因為它的背景在四〇年代的香港,可以用懷舊的想像,呈現那一個動亂時代裏男女之間的感情關係[21]。而關錦鵬也談到,他對張愛玲的喜好,主要是在於對三〇年代那一份懷舊氛圍下上海風情的興趣[22]。因為「懷舊」念念,所以對張氏的小說有了凝注的共識。其三,筆者認為,許鞍華與關錦鵬或有意識,也或無意識地企圖借助張愛玲小說中的女性符號,以去對香港本土與主體認同的問題進行審視與思考[23]。如詹明信(Fredric Jameson)所指出的,第三國家的電

---

21 參見許鞍華〈談「傾城之戀」〉香港:明報 1984.8.3 的自述文章:「張愛玲的〈傾城之戀〉之所以對我有莫大的吸引力,原因之一,是因為它的背景是四十年代的香港。拍一部以過去的時代做背景的電影,對任何一個導演來說,都是一種很『過癮』的事情,也是一項挑戰。其次的,〈傾城之戀〉的主題很好:它說的是在一個動亂時代裏,人受到種種影響,甚至也傾覆了,唯一剩下來的,可以依靠的,便只有兩個人之間的感情與關係……」

22 見台北金馬國際影展執行委員會編:《電影檔案:中國電影 4:關錦鵬》,台北:遠流出版,1991。頁 14。

23 雖然這一點許鞍華在受訪時並不承認,強調自己不懂政治,對於影片中是否別有隱意卻笑而不答。參閱李焯桃的訪問:〈Survival 最重要:訪問

影，往往在特殊的情感與情境下，都會涉及了國家寓言（national allegory）的話語[24]。而我們若將〈傾城之戀〉、〈紅玫瑰與白玫瑰〉及〈半生緣〉置入這話語之中，則在某種程度上，可以窺見女性符號在攝影機下的再複製，具有戲仿（mimicry）與隱喻的意味。

而眾所周知，對香港電影論述，尤其是身份認同、國族建構、歷史記憶等等影響的三個重要事件，分別是：1984 年中英聯合聲明的簽署，宣佈中國政府於 1997 年 7 月 1 日對香港恢復行使主權，並依據一國兩制的構想制定香港的統治方針；1989 年天安門的六四事件；以及 1997 年香港回歸中國大陸[25]。明顯的，這三個重要的歷史事件，對許鞍華與關錦鵬籌拍上述電影具有一定的影響。從時間上審察，許鞍華的〈傾城之戀〉與〈半生緣〉，分別是在 1984 年初與 1997 年中開拍，而關錦鵬的〈紅玫瑰與白玫瑰〉則在 1994 年上映，從這樣的時間脈絡窺視，無疑讓人對這三部電影充滿了國族隱喻的遐思。何況這三部電影都是奠定在懷舊（nostalgia）的意識下進行的「懷舊」，是對過往美好歲月的回眸，對一切事物消逝的眷戀，對所有回不去的從前惆悵緬懷，然而其背後卻隱含著對記憶與歷史的追尋，以及對身份認同危機與迷惑的一種反應。尤其當一個人面對不滿現狀的情況，或不確定的前途而產生焦慮時，記憶就會向符號層尋找認同點，並以懷舊的形

許鞍華〉，《香港電影雙週刊》，96 期。1982 年，頁 22。但在詮釋中，我們還是可以對此一電影的政治隱喻進行合理的闡發。

[24] 詹明信的相關論述，可參閱馮素貞譯、謝惠英校訂：〈重繪台北新圖像〉，收入於鄭樹森編《文化批評與華語電影》台北：麥田出版社，1995。頁 133-275。

[25] 參閱魯曉鵬作，鏡欣凌譯〈香港離散電影及其外——從放逐與返鄉到跨國主義與變通公民身份〉，台北：《電影欣賞》2000.3，頁 15-22。

式達成心理慰藉的目的。唯這樣的一種懷舊，卻在現實中成了對歷史的無奈與無力感的展現，如電影〈半生緣〉裏的曼楨，在歷盡滄桑後，卻只能對著離別十四年而又再度重逢的舊愛世均說了句：「我們不能再回頭了」，因為再也回不去，所有的期待遂成了失落與感傷。在這樣一種懷舊與感傷的情緒裏，讓我們重新檢視許、關兩人，是如何通過影像中的女性符號再複製，去言說身份認同與主體性喪失的焦慮，這樣，才能更清楚地梳理出影像背後，導演者的心路歷程來。

在〈傾城之戀〉中，許鞍華在攝影機下並未對上海做太多的處理，倒是對做為上海一個補充的「她者」[26]——香港，進行了全面的省視。而由繆騫人飾演的白流蘇，在進入華洋雜處的香港後，卻也成了范柳原（代表父權體制的）的「她者」；在此，流蘇的形象隱喻著香港在政治地位上的孤立，她的命運就只能讓人任意宰制。不論是處處遭受到白眼的白家，還是一開始視她為情婦，以及結婚後可能視她為棄婦的范柳原。是以，流蘇面臨主體性完全喪失的處境，可以視同香港人在英、中聯合聲明中失去自我主宰地位一樣。而從英殖民的身份脫離，回歸中國大陸後，卻存在著未來可能面臨被忽視或被邊緣化的焦慮與失落。因此，當范柳原在電話中以《詩經。邶風擊鼓》的：「死生契闊，與子相悅，執子之手，與子偕老」表達自己的情意時，轉喻成聯合聲明中「五十年不變」的宣言，不免就成了一大戲謔與反諷了。

---

[26] 參見李歐梵著、毛尖譯《上海摩登——一種新都市文化在中國 1930-1945》北京大學出版社，2001，頁 317。其中提到張愛玲在寫〈傾城之戀〉是回到上海之後，因此她是把香港這淪陷之城視為「她者」以補充其小說世界的內容：「很清楚在她的生活和藝術中，香港一直是上海的一個補充，她小說世界中的『她者』」。

　　然而十三年後，當許鞍華再把《半生緣》搬上銀幕，白流蘇的身份追求與焦慮，卻換成了曼楨身體的禁錮與貶壓。九七在維多利亞港上煙花璀璨中和平地移交了，沒有傾城，也沒有把故事的尾巴炸掉，故事還正長呢，在曼楨的身上延續下去。至於曼楨被祝鴻才姦污，是否暗喻著「祖國」主體地位的不容挑戰與抗爭？而香港人在回歸中彷彿又再次的被強暴，自我主體失落依舊，一切美好的幻想也終歸虛無。至於曾經相愛、相惜、相依過的沈世鈞卻掉頭離去，留下來的，只是一場歷史的錯誤，如英國政府留給香港人的歷史記憶一樣，再相遇時，只能懷舊，卻也回不去了。在電影中，上海被置換，甚至被模擬，十里洋場的熱鬧市景與抗戰的歷史被懷舊的色彩抽空掉，而吳倩蓮飾演的曼楨，也脫離了張愛玲書寫的軌跡，不再踏著瑣碎的腳步，去追尋無法挽回的舊夢。電影裏的曼楨最後是否嫁給了曾經強暴過她的祝鴻才？許鞍華並未做詳細的交待，卻以曼楨的獨白：「我決定留下來，最主要都是為了這孩子。從前還以為我和姐姐不同，現在走了半輩子路，才發覺原來我也是跟在她的後面。」一語帶過，但卻留著比小說更大的想像空間。然而，不管怎麼樣，曼楨內在的主體（internal subjective）還是被撕裂了，最後她只能被動地屈從，或接受附屬於男性權力之下的卑微地位，並永遠處於身份與認同的迷惘路口。由此我們似乎可以窺見，女性的命運，與香港的命運逐漸疊合。至終落得只能在回憶與無奈裏遊移，迷失，或者流離失所。

　　在關錦鵬的〈紅玫瑰與白玫瑰〉，女性符號又再次地被借來做為一種政治隱喻，並在懷舊的氛圍中，進行移神（distraction）的作用，以去吸引「他者」的目光（Zizek，1991：114）。是以，通過佟振保（趙文瑄飾演）這名工程師的眼睛，凝成了父權主體

的視角，而區分出兩種女性的形象與身份地位。其一，是類似嬌蕊的風情萬種，狂野不羈，但只能當情婦，卻不適合成為妻子。其二，如煙鸝一般安份守禮，屈從卑下，雖可做妻子，卻乏味無趣。在此，振保象徵著中國現代化與民族主義的敘述，理性、自我與主動，而女性的身體卻在這敘述中，不是被物化（fetishized）成一種欲求，就是被邊緣化、消音，或抹殺掉。前者如嬌蕊，後者則如煙鸝。尤其是以振保為天的煙鸝，把她的命運全都交給了振保，正可詮釋為中國大陸與香港之間的關係。香港成了中國不可分割的一部份，但這種歸屬特質，卻非內化為中國一體，而是仍然被視成「她者」看待。故在電影的敘述策略上，關錦鵬將張氏小說中女性被貶抑與邊陲化的敘事，轉喻成了一種國家認同的質疑，以及一份政治的嘲諷。

所以面對著霸權，如嬌蕊面對著振保，不是主動的出擊，就是主動的離開，甚至後來在電車上的偶遇，嬌蕊並未陷入如振保所想像的黯然失落，當振保譏諷她生活中所碰到的無非都是男人時，她卻以平靜而無怨的心情回答道：「除了男人以外，總還有別的。」這種企圖為女性建立主體性的意味，正是一種對霸權的抗辯，以及拒絕被收編、殖民化、從屬與屈就的存在處境。這是關錦鵬在攝影機下，面對九七後被迫回歸「祖國」，而成為另一類後殖民地區的省思與言說。

總而言之，做為殖民地的香港，在現代史上，從一開始就被寫成一部不可能對中國身份追尋的歷史了。即使在追尋中，也必將因為缺乏「中國特性」而徒勞[27]。更重要的是，殖民地的教育，

27　參見周蕾〈殖民者與殖民者之間〉，收入於《寫在家國以外》，香港：牛津大學出版社，1995，頁109。

向來就不可能教導殖民地的人民認識自己的歷史與身份，因此在歷史身份的迷失之下，香港被逼回歸「祖國」，這就成了一種迫切的焦慮、壓抑與惘惘的威脅，這無疑也讓香港人驚醒於身份追尋與主體建立的重要。然而一直以來，香港在歷史中就已經是處在身不由己的被動地位，從 1842 年成為英殖民地開始，到中英聯合聲明，及至九七的移交與回歸，香港人並無法參與自己前途的決定與制訂，主體的失落與歷史的遺忘，明顯地刻劃在香港人的身上。對於這樣的困擾，一些香港的有識之士，無不通過各種媒介發聲。許鞍華與關錦鵬，以改編張愛玲的小說，且通過攝影機複製女性符號，並以此凝視香港人身份問題的同時，似乎也企圖在為他們自己內在的身份認同危機，尋找一個答案。

五、也算是結論

張愛玲的小說被改編成電影，無疑存在著一種時空文化的對話，上海與香港，在許鞍華與關錦鵬導演的凝視中，遂有了不同的詮釋。因此，他們向張愛玲借來的故事，放在詹明信「國家寓言」的脈絡裏來觀看，就可將電影中那些受壓抑、從屬、卑微、非正統、被殖民的女性身份，轉喻成香港人在主體喪失中的迷惘與失落處境。在這樣的論述結構裏，張愛玲小說中的女性形象，在影像符號化的同時，已含具了政治隱喻的意識企圖。因此，當電影以回顧與懷舊的心情向張愛玲做出致敬的姿態時，實際上，在攝影機背後，卻換成了一種自我身份探尋與省思的姿勢了。所以，當白流蘇、顧曼楨、王嬌蕊、孟煙鸝等這些女性圖像紛紛從張愛玲的小說中甦醒過來，並跨進電影中去時，我們看到的，卻

是香港人在歷史處境中，面對「記憶」與「失憶」、「主體」與「客體」、「不確定性」與「焦慮不安」的情懷，以及一個龐大的身份追尋意識，在影像與影像間四處漂浮不定。小說中的傳奇早已從電影中淡去，至於，由影音深處不斷傳來咿咿呀呀的胡琴聲，卻已全幻化成香港人在九七之前與九七之後，心中一份最深沉的述說了。

【參考書目】

Zizek，Slavoj. Looking Awry：An Introduction to Jacques Lacan Through Popular Culture（Canbridge：MIT Press, 1991）

David Bordevell 著，游惠貞譯，《電影意義的追尋》，台北：遠流，1994。

張愛玲著，《傾城之戀》，台北：皇冠出版社，1991a。

張愛玲，《怨女》，台北：皇冠出版社，1991b。

張愛玲，《半生緣》，台北：皇冠出版社，1991c。

張愛玲，《流言》，台北：皇冠出版社，1991d。

張子靜《我的姐姐張愛玲》，台北：時報出板社，1996。

李歐梵著，《上海摩登》，北京：北京大學出版，2001。

李歐梵著，《現代性的追求》，台北：麥田出版社，1996。

周蕾著，《寫在家國以外》，香港：牛津出版社，1995。

周蕾著，《原初的激情》，台北：遠流出版社，2001。

洛楓著，《世紀末城市》，香港：牛津出版社，1995。

烏伯托。艾可等著，李幼蒸選編，《結構主義與符號學》，台北：桂冠，1998。

鄭樹森編，《文化批評與華語電影》，台北：麥田出版社，1995。

簡瑛瑛主編，《認同、差異、主體性》，台北：立緒 1997。

楊澤編，《閱讀張愛玲》，台北：麥田出版社，1999。

劉紹銘、梁秉鈞、許子東編，《再讀張愛玲》，香港：牛津出版社，2002。

羅思瑪莉・冬恩著，刁筱華譯，《女性主義思潮》，台北：時報文化，1996。

托里莫伊著，陳潔詩譯：《性別／文本政治：女性主義文學理論》，台北：駱駝出版社，1955。

女子絮語

——論平路《凝脂溫泉》的閨閣敘述

一、前言

　　世紀末閨閣，是女性一縷魂魄的歸宿，還是畫屏上的夢魘？當女性主義者紛紛從父權牢籠的禁閉與壓迫中，企圖討回自己久已失去的肉身時，平路卻改變了她以往小說的戲路，不再以變調的男聲，為想像的家國招魂[1]；也暫時擱下了國族歷史的記憶，將自己抽離國母書寫的魅影外[2]，回到閨閣之中，去書寫閨閣裏的男女情事。因此，在《凝脂溫泉》這本小說裏，由〈微雨魂魄〉、〈暗

---

[1]　平路早期的小說，不論是〈玉米田之死〉、〈十二月八日槍響時〉、〈在巨星的年代〉、〈台灣奇蹟〉等，均以身居海外的男性角色，化為對父權／家國追尋與認同的符號，演繹了一場「性別化國家主體意識的糾葛」戲碼。筆者認為，這是平路以「變調的男聲」，召喚家國的一種表演，當然，這背後自有其政治書寫的意圖與立場。相關論述，可以參考梅家玲的〈「她」的故事——平路小說中的女性、歷史、書寫〉一文。載入梅家玲編《性別論述與台灣小說》，台北：麥田出版社，2000。

[2]　在平路的兩篇小說中：〈行道天涯〉、〈百齡箋〉，通過女性／國母的形象，如宋慶齡與宋美齡的歷史對位，解構男性政治神話的英雄意識。因此，在書寫的虛實之間，以及性別與歷史記憶相交錯下，「她」在這一大敘述（grand narrative）中也無形被放大，並與一般閨閣敘述裏小寫的「她」，形成了強烈的對照。

香餘事〉和〈凝脂溫泉〉所組構的篇章,貫穿了一個小寫的「她」,敘述著女性破碎的話語,在人間的情愛裏徘徊。

這三篇小說可以說是平路在創作上的一個回溯,即回到女性書寫的文學路線上,重新探討女性內在的情欲、心理、命運與存在的位置,並通過這樣的一種角色觀照,窺探出女性在情感與婚姻邊緣上掙扎的一分哀矜。而女性自古常被貶為一種客體、一種他者。永遠從屬的地位,不是內化為妻/婦,就是被異化為妾/細姨,名份降於男性的主體之下,且在文化社會與價值判斷中完成「他者」的認同。然而這份認同,進入平路的筆下,卻成了「她者」——婚姻中的第三者,在無望的愛情與婚姻裏匍匐前進。因此,不論是〈微雨魂魄〉、〈暗香餘事〉和〈凝脂溫泉〉,我們所讀到的是:女性為了追求想像的愛情與幸福,卻心甘情願地將自己囚禁在閨閣的感情世界裏,以「她者」空洞的符號,演示了在現實中不堪的命運。

平路在這三篇小說中拆解了「她們」的故事,做為「她者」的「她們」,正銘刻著一個自我失落的名字,並在男性的背後,偷偷尋找自己的影子。這些「她者」,或生活在公寓之內,或躲在面紗之後,以絮絮私語,挖掘著自己隱匿的身份,以及孤寂的心靈。如〈微雨魂魄〉中的情婦、〈暗香餘事〉裏的棄婦,或者〈凝脂溫泉〉中的怨婦,輻湊成了「她者」傾斜的影像,在平路的筆下,飄浮為感情荒原上的孤魂野鬼,並找不到可以回去的家。所以,通過「她們」的故事,本文試圖理析出平路在這三篇小說中的敘述脈絡,進而延著這脈絡去省思女性的存在問題來。

二、小寫的「她」與「她者」的位置

相對於平路在〈行道天涯〉與〈百齡箋〉兩篇小說，以民國史上的傳奇姐妹，宋慶齡與宋美齡做為敍述的對象，而切入國史寓言的書寫，則在〈微雨魂魄〉、〈暗香餘事〉和〈凝脂溫泉〉的小說裏，平路卻以寫實的筆調，翻轉了她的書寫策略，放棄了大寫的「她」，而改為敍述小寫的「她」，以做為她為女性發聲的策略。而這個小寫的「她」，可以是父權文化壓迫層中喪失主體的人；也可以是流離在婚姻之外找不到自己名姓的女身；甚至是卑微、難堪、匱乏與焦慮的代名詞，在人生的邊緣上，演繹著女性在社會中的荒涼地位。平路從這些女性的身上，窺見了陰性壓抑（repression of feminity）與內囿的存在處境，也挖掘出了她們在情欲中隱蔽的身份。

因此，在《凝脂溫泉》中的三篇小說，我們閱讀到了三個平凡女性，在別人婚姻背後，展演著三個不同的故事。如〈微雨魂魄〉裏，通過天花板上一片不斷擴散的水漬，引出了做為第三者的女人，在探索水漬由來的過程中，漸漸發現自己的命運與樓上那名死去的細姨一樣，都含著隱匿身世的悲涼。婚姻無望、愛情無夢、幸福無從、歲月無依，只有守候的空閨言說了她做為「她者」的處境。而這裡所謂的「她者」──是相對於情夫的老婆而言的，是別人婚姻之外的第三者。因此，在父權文化的社會中，已婚女性的地位如果是被視為「缺席」（absence）、「邊緣」（periphery）、與「他者」的從屬處境，則情婦或第三者，更是被置於邊緣中的邊緣，他者中的「她者」之荒野地帶，甚至在婚姻

制度社會裏是永遠的「缺席」。是以,「她者」只能隱身在男人的背後,乞求一點愛情的餘溫,卻不能暴露自己的身份,以代替正統的位置。故她隨時隨地都記住,「他是別人的丈夫」,以及:

> 我的噩夢就是他老婆的領地逐漸擴大,我的範圍反倒逐漸縮小。我可以想像河豚與他老婆的談話中,絕不會有我這個女人的存在──她不斷地在攻城掠地,好像天花板上的水漬正在逐漸擴大………

「她者」的身份只能隱匿,或是自我空白化。因而朱莉亞‧克莉絲蒂娃(Julia Kristeva)就此曾指出,這些「她者」,宛若迷路的人,在異化中失落了自我的存在(2001:21)。所以〈微雨魂魄〉裏,我們所看到的第三者,是無名無姓,甚至面目模糊不清,這無疑徵示了「她者」的匱缺位置,也由此觀照出了女性在這方面的精神匱乏、情欲壓抑、人格扭曲與內囿的深層困境來。

同樣的,在平路的另一短篇〈凝脂溫泉〉中,失婚者的美宜,重逢了昔日男友恭江,並成為恭江婚姻外的第三者。然而,美宜處在「她者」的位置,卻是更為孤悽。因為她的處境像是外遇卻又不像外遇,沒有情欲的糾纏,也沒有愛戀的撫慰,充其量她只是填補恭江在政治上失意與空虛的工具。平路藉著他們到台灣各處洗「出軌」的溫泉,敘述了美宜做為「她者」的隱喻,然而在溫泉中他們卻是男女分開,各泡各的,顯示他們在情欲上並無交際。甚至同宿一室,在美宜而言:「旁邊男人身體的形狀激不起她的任何情欲。」(126)雖然如此,做為「她者」,美宜仍是成為內囿角色演繹的場域,以屈從的地位與附屬於男性利益的權力關係中,呈現了自己卑微的身份。如幫恭江脫鞋,服從恭江下達

的指令，洗完溫泉後等待恭江的出來等等，演示了「她者」被貶壓、支配與棄置的失落。如平路對美宜的描述：「美宜總是退讓的一方。就像剛才收音機正在談的『棄保效應』，自己永遠是被棄的那一個。」（137）這正是寫出了「她者」的最大悲哀，因為在抉擇中，她永遠是「棄保效應」中被棄的那一個。所以當恭江與她約定去日本九州的「血池」泡溫泉，最後卻失約，而悄然只帶髮妻前去，以致美宜落得獨自窩在家裡，以浴缸泡湯兼涕泗縱橫的蒼涼場面，更是演示了「她者」卑賤、支離破碎與非正統身份的生命內涵。平路寫來，戲謔與嘲諷兼具，尤其是對美宜自我安慰的描述：「沒有溫泉，泡在浴缸裡也好，她是退而求其次的人。」（148）以及「她擤著鼻涕想，至少，坐在熱水裡總是自己可以掌握的幸福。」（149）真實地挖掘出了「她者」從屬身份的卑微與壓抑處境。在被遺棄與異化的自我失落中，平路筆下這些完全邊緣化的女性，闡述了「她者」被扭曲的悲劇命運，也言說了第三者徹底喪失主體性後，成為空洞能指的存在位置。

　　至於，〈暗香餘事〉則演繹了另一種「她者」的形態。不論是在場與不在場，陰性荒涼的敘述聲調依舊迂迴於女性深層的內在世界。而「她者」在「她」的心宇內，往往卻不知所從。因此，如果〈凝脂溫泉〉中的美宜受到「棄保效應」的結果是躲在浴缸裏獨自啜泣，則〈暗香餘事〉裏的美雲，卻是以婚姻制度中正統的地位，在丈夫離家出走後，不知不覺地被置換為第三者。這種戲劇性的移位，宛如地震造成地層的滑動、下陷、斷裂，而重新翻掀了另一個地表。平路在此將九一一地震事件與美雲的破碎婚姻疊合，深化了其婚姻地層崩塌斷裂後做為「她者」的位置與處境。如美雲通過地震中罹難者的名單，赫然發現久已失縱的丈夫

的名字，以及由此探查到他已另組家庭，而確定了自己被遺棄的命運。然而念念不忘的舊情，卻從回憶裏爬出去後又爬回來，往復之間不斷複寫著「她者」的依戀、追懷與纏綿：「帶著一幅有她在其中的畫面走入永恆，儘管他手臂裡正抱著別的女人」（75）和「如果那女人是自己多好啊」（76）。然而，美雲在此的乞求與想望，與其說是眷戀著丈夫的情念，不如說她是為了想取回正統身份的一種心理反射。因此從美雲的身上，「她者」的壓抑與焦慮，更是顯然易見。

總而言之，平路所書寫的這些「她者」，不但面臨著歲月的侵迫，也面臨著身份認同的危機。她們空洞的身份內涵，允許了某些辭語加諸於她們的身上，不論是身體、姓名、名份的缺席等等，在家庭與社會上，都同樣面對著失落自我與邊緣化的處境。她們的存在正是諷喻著女性從屬地位的角色，在身份與認同的迷惘路口，找不到一個真正屬於自己的家。所以，除了卑屈、服從、壓抑，這些角色的隱匿身份，構成了「她者」畸零的人格與邊緣的位置，更詮釋著她們悲涼與無奈的命運。

三、閨閣身體的論述與編碼

另一方面，這些「她者」，都在自己情慾的壓抑中，企望愛情的幸福，然而卻適得其反。幸福卻好像一個不可企及的夢，在她們的閨閣裡，嘲弄著她們枉然的追尋。而平路在序言中就曾經指出，在〈微雨魂魄〉、〈暗香餘事〉和〈凝脂溫泉〉這三篇小說，故事地點都圍繞在一棟舊公寓中（6）。是以，舊公寓在此成了一

種隱喻，指涉著「她者」在閨閣中的處境，是內囿、幽暗而沒有出路的世界。

然而傳統的閨閣總是含蘊著女性獨守空房的等待，如歐陽修〈蝶戀花〉中的「庭院深深深幾許，楊柳堆煙，簾幕無重數」，愛怨混雜，春華難留，寂寞無依，在那小小的天地，言說了女性內在巨大壓抑與焦慮的領域。在此，閨閣亦可內化為女性的身體，並承載著父權社會文化的種種制約，以及情慾的追索。從某方面而言，它是一種規範系統的表述，言說了女性從屬與壓抑的符碼[3]。

而回到平路的小說中，我們也可以發現在〈微雨魂魄〉、〈暗香餘事〉和〈凝脂溫泉〉裏的三位女性，正也演繹了一場閨閣的戲碼，並在自己內在壓抑的情慾中，建構了一個封閉孤絕的女體世界。不論是精神或心理，外在或內在，都映照一個幽暗陰森的景觀。所以〈微雨魂魄〉中的「她」要「從自己的家裏逃出來，因為裡面闃無人息，一點屬於人的氣息都沒有。」（18）實際上，她要逃離的是自己空洞的閨閣身體，逃離那壓抑、焦慮、虛無與孤立的生命情境：

> 水漬正在長大，正沿著天花板往下流。牆壁濕了，地面也開始積水，四面湧上來的水讓我沉溺、讓我昏暈，讓我的身體張著大口一般地饑餓。我最害怕在噩夢中掙扎，大片

---

[3] 一般的閨閣概念，在廣義上可以包含所有女性的存在處境，不論是養在深閨的閨女，或母親、妻、妾等等，然而在本文的論述基礎上，卻只將此一概念的涵義收縮在一個比較狹隘的定義上，即只針對妾／情婦／第三者／「她者」而言的。因此，在閨閣身體概念的論述上，也做如是觀。

的陰影覆蓋著我，沒有人理解，那種四面都是水的……快
要滅頂的絕望之感。（31）

在這裡，房間與身體疊合為一，形成了她的閨閣身體。而閨
閣身體正言述了她的情慾，以及情慾背後的茫然感：「旁邊空無
一人，只有茫茫的黑暗，我的悲哀便也茫茫無邊地湧了上來」
（31）。在這種情境之中，她似乎逃無可逃。尤甚是，當她逐步
深入探索樓上某細姨的房間後，這種情境卻被深化了：

> 手裡握著鄰居家的鑰匙，我想起自己週而復始的惡夢，一
> 次一次地夢見天花板泡得掉了下來，裂了一個大洞。於是
> 我就可以看見了，看見樓上那個女人，看見她生活的全
> 部，像我一樣的，空洞的、蟲蛀的，生出霉斑的生活……」
> （35）

同是別人的情婦，相似的房間，相似的閨閣身體，以及相似
的存在狀況，「空洞的、蟲蛀的，生出霉斑的生活」，言說了「她
者」閨閣身體，被壓抑化、醜怪化、卑賤化的悲涼命運。在此，
她宛如一面被打破了的鏡子，鏡中的影像移位，並在她人的身上
反照出了自己（朱莉亞‧克莉絲蒂娃，2001：13）。而她就是從
樓上的細姨看到了自己，一個扭曲和沒有將來的空洞影像。

即使像性格獨立而強勢的美雲，在受到丈夫的離棄之後，也
落入了一個孤寂與緘默的存在處境：「每次到星期一，同事隨口
問她週末怎麼過的，美雲都覺得自己佯裝出來的笑意更僵硬了一
點點。」（60）這裡巧妙地折射出美雲在生活中的壓抑困境：空
洞的閨閣，空洞的身體，形成一種匱乏的心理反射，進而映照出
她苦悶的生活情境。因此，通過不斷的回憶，以及追懷與丈夫過

去的種種美好情戀，才能紓解她那份壓抑的情慾。像平路所描述的：「美雲著實想念駿二的身體，一種恆定的溫度」，這種想念，讓閨閣的身體永遠承載著創傷與抑鬱，永難解放。

另一方面，閨閣身體也體現了父系文化想像的集體產物，投射在女性的身上，是一種「悅己者容」的表現。因此女性一般上怕年華老去，身體樣貌更換，或變得醜怪起來，所謂色衰愛弛，年老夢盡，是她們潛在的恐懼與焦慮。因此，當閨閣身體內的守候變成了看不到未來的陰暗甬道時，所有的恐懼與焦慮在壓抑的情緒中，也蠢蠢欲動。回過頭來，我們看到平路在《凝脂溫泉》中所敘述的三位「她者」，實際上都存在著這分逐漸步入中年的焦慮感，擔心自己的身體有一天會變得醜怪而被男人所遺棄。如〈微雨魂魄〉中的「她」，就是最好的例子：

> 怎麼說呢？怎麼說其實不是年齡，而是其他令人不安的跡象。坐在浴盆裡，我看見乳房承受著地心吸力，一天天往下垂掛。乳暈與乳頭交接處現出灰濛濛的顏色，不再是少女的淺紅，也不是享受激烈情緒之後的猩紅。（24）

年齡的老去，還是次要的，反而是肉體變得醜怪，才是「她者」心理潛藏的最大憂懼。因為這裡頭浮載著情慾與權力結構的定位問題，失去了身體，也就意味著失去了寵愛的價值。所以，在父權文化的觀照下，女體成了商品化與物化的表徵，這落在非正統身份的妾／情婦之「她者」身上，則更加強烈。在這種狀況下，醜怪的身體成為一種禁忌，在男人情慾的祭典上，無疑將會受到棄置與廢黜：

> 反正在河豚心裡，不好看的女人就是沒人要的女人，更年
> 期的女人就是工廠倒閉的女人。(39)

「不好看」和「更年期」，正是指涉醜怪身體的標準，因此
在這標準的規範之下，女性身體被制約在男性的凝視之中，而成
為一種疏離與壓抑的符號。這將使得「她者」的閨閣身體，更形
匱乏與空洞化。

然而這是女人的宿命嗎？中年女性在情愛中奉獻出自己所
有的青春歲月後，卻必須焦慮地面對著醜怪身體的侵佔，並在父
權文化圍成的閨閣世界中，投戈棄甲，生死由之。因此，活在男
性的凝視下，焦慮的情緒無處不在。像〈凝脂溫泉〉中的美宜，
不時擔心著自己腰上的贅肉，圓滾的臀部，以及葫蘆狀的身材，
會破壞恭江對她的觀感，也深怕所有的情慾會在這醜怪的身體上
幻滅。而平路在這方面有很好的形容：

> 內褲沉在肚臍底下，肚皮像一個圓滾球。背後更不成樣
> 子，內褲包不住肥軟的屁股，從那小小一片綢布兩邊撐了
> 出來，她不但不覺得有可能讓恭江心癢難耐，反而徹底失
> 去了想要跟任何男人在一起的慾望。(113)

醜怪身體在此成了一個諷刺模擬，反諷了美雲對愛情與情慾
的種種美好夢想。然而中年的身體，卻讓她在焦慮的危機中，證
見了自己在情感上破碎與被棄置的命運。即使想到死亡，美雲依
舊脫離不了醜怪身體的惘惘威脅：「想著電線勒在脖子上，勒出
上下兩圈肥白的贅肉」(132)。所以從這方面來看，醜怪身體幾
乎可以說是女性的夢魘，揮之不去，又無可躲避。

總而言之，在父權文化體系中，被視為次等性別／第二性的女性，只是男人性欲與生育的工具而已，可是一旦女性的身體變成醜怪或無法生育，則其價值也就隨之喪失。在此，平路筆下的三個中年女性，言述了她們閨閣身體所隱含的文化壓抑之真相：在婚姻中她們是沒有名位的，也不具傳宗接代的合法位置，因而隨時擔心被男人所棄，所以她們對醜怪的身體也就比別人來得特別敏感與焦慮了。而做為「她者」，在她們的閨閣身體內，正也編寫著「卑賤化」、「醜怪化」、「馴服化」的文本，且在壓抑和焦慮的心理下，書寫了一頁悲涼無奈的故事。

四、結論

平路在這三篇小說中，對中年女性的存在狀態，以及隱身在「她者」背後的閨閣身體，有著深入的敘述。她們的文本可以互涉，參照，並普遍地在現代都市的一些女性身上映現。而如今一座座的公寓，替換了古代一間間的閨閣，並收容著一個個空洞的女體，漂浮為千古流轉不變的宿命。雖然有人在霍然驚醒中卸下了閨閣的身體，走了出去；然而卻仍有許多女性，依舊沉溺在那陰暗的閨閣之中，甘願承受情慾的煎熬，承受歲月的侵迫，不可自拔。

因此，平路這種閨閣敘述，在集體意識上，挖掘出了女性龐大的內圍處境，壓抑與焦慮的主題。可是在某方面而言，卻也企圖為這些中年女性尋找一條生命的出口。是以，在這些「她者」的故事裏，她模擬了父權文化社會下所形成的邊緣影像、聲音，以及身體展現，並在禁閉的閨閣中，施加自我治療的可能。誠如

吉爾柏（Sandra M Gilbert）和格巴（Susan Gubar）所說的，女性作家的寫作，不只是在尋求自己的故事，也是在這故事中尋求自我的定義（Sandra M Gilbert/Susan Gubar，1979：76）。所以，平路在這三篇小說的閨閣敘述，正是以自己的聲音做為女性書寫的策略，或隱喻、或直書、或諷刺、或戲謔，為「她者」的故事，以及閨閣的內在世界，打開了更多的窗口。

【參考書目】

平路，《凝脂溫泉》，台北：聯合文學出版社，2000。

梅家玲編，《性別論述與台灣小說》，台北：麥田出版社，2000。

郝譽翔，《情慾世紀末——當代台灣女性小說論》，台北：聯合文學出版，2001

羅思瑪莉・冬恩著，刁筱華譯：《女性主義思潮》，台北：時報文化，1996。

西蒙・波娃著，陶鐵柱譯：《第二性》，北京：中國書籍出版社，1998。

顧燕翎主編：《女性主義理論與流派》，台北：女書文化出版社，2000。

顧燕翎、鄭至慧主編：《女性主義經典》，台北：女書文化出版社，1999。

張京媛主編：《當代女性主義文學批評》，北京：北京大學出版社，1992。

朱莉亞・克莉絲蒂娃（Julia Kristeva）、張新木譯，《恐怖的權力——論卑賤》，北京：三聯書店出版社，2001。

托里莫伊著，陳潔詩譯：《性別／文本政志：女性主義文學理論》，台北：駱駝出版社，1995。

Gilbert，Sandra M/Gubar, Susan："The Madwoman in the attic: The Women Writer in the Nineteen-Century Literary Imagination" New Haven and London: The Yale UP.1979。

女體神話
——論郝譽翔〈洗〉中的女性存在話語

【生命是與世界相聯繫的，個人通過周圍的世界來進行自
己的選擇，並以此來確定自己。】

——Simone de Beauvoir《第二性》（53）

當希臘神話中的尼奧貝（Niobé）女兒，在沉寂的時間中凝
視著自己裸露的身體時，她內在的世界也由此敞開，並不斷與外
在的存有進行了一系列對話，使其長久來遮蔽在深黯體內的欲
望、心靈與精神得以開顯。神話雕像中的女體也化成了隱密的符
碼，於存在的意義世界中尋找到了更大的自我創造。因此，當女
性身體開始從傳統束縛的觀念沉睡中甦醒過來時，她是否能夠以
自己的身體去把握住整個世界，或是仍沉陷於長久來依屬在男性
身邊的客體，而永遠成為空洞的能指？

而人的行為無疑是人的存在依據，更是開顯存有的具體活
動。它是靠「身體」活現出來的。是以，梅洛・龐蒂（M.Merleau-
Ponty）曾指出，不能把身體只當著是外在的「工具」，它是有知
有感，是欲望與心靈的載體，更直接的應該說「我是我的身體」

（le corps propre），它在行為的展開中成了在世存有的中心[1]。可是另一方面，對於女性的身體，在男性所組成的社會機制下，往往只能被內化，甚至異化為滿足男人性欲的工具、或為一個生殖者，以及用來探索他自己的他者。所以，不論是做為「女兒」、「妻子」，還是「母親」的角色，女性在社會的機制下，不但無法擘畫出自身的命運道路，而且其身體更是長久來被男性所牢牢控制住。如儒家女性，其所扮演的角色永遠是服從、甚至屈從的：「婦人，伏於人者也。幼從父兄，嫁從夫，夫死從子。」、與「婦，服也」[2]，這樣的一個他者位置，使女性的陰性行為永遠都在被動的軌跡上運轉，而無法開展出自由的行動，以朝向存在的自我選擇、自我決定，與自我創造邁進。女性這樣的一種陷落姿態，正標誌著她們無法浮出存在地表的徵象。

在某方面而言，我們又必須倒回過頭來探問：女性是以怎麼樣的態度來面對著自己的身體？這樣的提問實際上是有其歷史意義的。在經血不潔的觀念、或懷孕時的醜怪身子，甚至性欲的罪惡感中，使女性往往不敢凝視自我的身體，以及身體內那份受到遮蔽與壓抑的欲望。換言之，女性在傳統道德觀中，無法從自己的身體與情欲裏解放出來時，則其自我做主的存在形式，也無疑將被壓縮成一片薄膜，封閉在封閉的身體內。相反的，通過對

---

[1] 梅洛・龐蒂（M.Merleau-Ponty）認為，在理解人的行為意義上看，必須從心靈層面探視，則「身體」所涵蘊的物質、生命、心靈秩序相結合，而構成了人的行為表現，它是知覺主體的身體，並能開顯出存有來。參閱"The Structure of Behavior", Trans. Alden L.Fisher（Boston: Beacoan Press, 1963）p.xvi。

[2] 見《禮記・大戴》（卷二十六）

身體的「看」，即通過眼睛對自我身體的探索與注視，存有自身才會在沉睡中逐漸覺醒過來。

在台灣的女性書寫中，近幾年來有意識去碰觸到這問題的年輕新銳作者，不在少數，如成英姝、張惠菁、凌明玉、彭小妍等。但其中表現比較特出的是郝譽翔的小說：〈洗〉。其實，做為性別與女性情欲的述寫，郝氏的筆觸仍然內在於現實的文化處境上，即一面揭露女性真實的存在陷阱，另一方面，卻採取了一種自我內省的姿態，以陰性書寫（ecriture feminine），挖掘女性在傳統家庭中壓抑於體內的一潮情欲，並企圖為它尋找出路。因此，在這樣的情境下，女性的身體無疑就成了一個展示的世界，它是女性與外在存有對話的媒介，也是一種自我開顯的存在實體。而這類女性的存在話語，正是企圖跨出男權界線的一份表現。

在〈洗〉中，女性的敘事者以其「身體」的欲望流動，做為認知外在世界的觸角。在此，女性身體不只隱喻著一份自我的認識，而且也銘刻著一分抉擇的自由。所以，在小說形式上，郝譽翔設計了 A、B 兩面場景，一邊是寫未婚前少女身體／情欲的解放，另一邊則是描述著婚後婦女身體／情欲的壓抑，並由此交叉方式展現情欲變動中女性的存在處境。這兩種女體，事實上都在尋找自身存在的意義。如女性敘術者第一次獻身給其詩人學長時，做為探觸外在世界的身體感受卻是：「黑夜墜下一縷縷細雨，我仰頭，望見遙遙不可攀的天空，雨開始越落越大，沿著我高舉的腳踝直流到我的腹部，宇宙覆蓋我上仰的身軀如同一床溫暖的被褥，而此刻我們正位在天與地交合的一點，奮力運轉不息。」（16）以此性欲揭示少女身體對外在世界敞開的途徑，自有其之幽隱的涵蘊。從此以後，情欲不再幽閉成為個人的一種禁忌。無

形中，它在初步的解放中也開啟了個人對外在世界的聯繫。如埃萊娜・西蘇（Helena cixous）在〈美杜莎的笑聲〉中所說的：「女人的身體帶著一千零一個通向激情的門檻，一旦她通過粉碎枷鎖，擺脫監視而讓它明確表達出四通八達貫穿全身的豐富含義時，就將讓陳舊與一成不變的母語以多種語言發出迴響。」（張京媛編，1992：201）

　　但這是一種女體在情欲中的自覺存在嗎？這似乎是言之過早。在詩人學長的眼中，她依舊只是一具美麗的肉身，卻沒有想像力。換言之，「她」仍是男性情欲投射下的他者，一個「缺席」（absence）的客體。而這一充滿著情欲鼓蕩的女身，若不化而為「妖」[3]，則其又將會回歸到封閉深黯的肉身中去，以一種壓抑的情緒萎縮在另一個生存空間裏，並以貞女的形象出現。郝氏的文本在此所逗引的，正是處在情欲矛盾、疏離與變動中的一具女體。但做為探索自覺的認知，小說裏的女性敘述者在與詩人學長分手後，卻陷入了另一個情欲的漩渦──與原也同詩人學長有親密關係的高中死黨 B，進行了一場同性之戀。情欲身體在此轉向了另一個方向，即拒絕男性支配，並企圖掙脫取悅男人的傳統魔咒，而將女體置換為欲望主體，以期通過撫摸另一個女體來尋索與確認自我身體的存有。這樣的一種情欲投射（projection），固

---

[3]　妖，往往是因為物體發生了變化而形成的。在中國六朝的志怪、唐代的傳奇，以及清朝的誌異中，往往有「物老成精」，禽獸草木化為人形的故事與傳說。女妖的形象在文人筆下，普遍上都是性魅力超強，並具有媚術與情欲奔放的肉身，且是男性欲望的投射對象。相對的，若情欲淨化，則肉體成仙；要不然，化而為人，守得住情欲者為貞女，守不住情欲的，就成了蕩婦。故在人世間，貞女／仙、蕩婦／妖狐成了一系列相對的符碼。

然是具有其顛覆陽具主宰的意涵，另一面，也可謂為女性做為探索自己尚未發現的存在位置之一企圖。因此，這類情欲所表現的，不但是想在對方的身體上銘刻著「發紫瘀黑的吻痕」，或把對方的血液吸入口中，讓彼此相濡以沫，生命相互永繫；而且還要通過對方的身體，更進一層地去確認自己的存在：

> 「我與 B 在浴室冒起的白茫茫霧氣中相互摸索對方的軀體，像小時候在玩捉迷藏一樣，蒙著眼，覺得整個世界都消褪了，只有自己格外巨大起來……。」（21）

據由「模索對方的軀體」，存在者的存在也同時在摸索的過程中展開，發現。換言之，她們是在以自己的身體對話，彼此互訴心裏隱蔽的語言，以此情欲尋求自我成為主體的可能，並企圖從對方身體的觀視映照下，反射出自我的體態形象。只有這樣，才會「覺得整個世界都消褪了，只有自己變得格外巨大起來」，自我存在亦在這種觀照中得以顯現。

在這裡，欲望女體嘗試掙脫於陽具歷史書寫之中的「他者」角色，而不想再做為亞當肋骨下所塑造的從屬形象。但女性在這條路上走來卻顛簸曲折，男／女、情欲／身體、他者／自我、支配／服從、非存在／存在，糾結為女性的夢魘，把她們永遠壓在下面。因此，西蘇曾經指出，如果女性真的有一個位置，那就是在床上。因為女人一生的軌跡就是從一張到另一張能夠作夢的床（方成，2001：200）。然而在床上，仍然會面受到征服與臣服的可能。所以，即使是做為「認同女人的女人」，女性主體的自我敞開，也還不是這麼容易。而由於彼此認知的薄弱，女性身體在相互的疊影中並無法完全統合。如 B 在紐約自殺身亡時，敘事者

從其日記中所刻載的愛恨與猜忌中，感受到一種被欺矇的感覺，而「彷彿是發現自己的四肢竟然背叛了自己，不說一聲就甘願悄悄斷離而去，或是發現那根本不是自己的四肢，從來也不屬於我，然而我卻以為我知道。」（28）如此陌異與疏離的現象，卻成了女性自我主體追尋的幻滅與失落之隱喻，一切的自覺又被隱蔽起來。這樣的書寫，是不是已經埋下了女體永遠坎陷的命運？

　　當少女的身體轉換為已婚婦女的身體後，所有之前的情欲叛逆全都囿禁在陰性的角色中，再也找不到放縱的出口。在此，仙體難修，妖身已死，無數的欲望最後只能被綑綁在家的柵欄之內；像張愛玲在〈茉莉香片〉中所描繪的「屏風白鳥」，或〈金鎖記〉裏的「蝴蝶標本」[4]一樣，成為閨閣符碼中被父權文化壓迫的一群。女性書寫者在這方面，固然是有其自覺與反省，但如何跳脫此一框架卻往往顯得力不從心。如文本中所描寫的女性，在婚後：

> 「只喜歡待在四面牆內，被灰撲撲古舊的米黃印花壁紙所包圍，然後對著窗外移動的雲朵發呆……」（17）

　　女性身體回歸到了以家庭為閨閣中心的位置，然而，卻同時喪失掉了做為存在的自由和抉擇了。猶如吉爾曼（Charlotte Perkins Gilman）在〈黃色壁紙〉中所闡釋的被壓迫女人之狀態，郝譽翔筆觸下的已婚女體也同樣地被「灰撲撲古舊的米黃印花壁

---

[4] 張愛玲在〈茉莉香片〉（1995：16）中所描述的「屏風白鳥」，與〈金鎖記〉裏的「蝴蝶標本」（1996：150）概括了中國女性的空洞形象。它正是隱喻著女性在父權社會機制下，那一份對人生與社會所產生的無力、無奈與無從反抗的絕望心理。更由此顯出女性從屬和被壓抑的悽愴、荒涼、虛無的背影來。

紙所包圍」，在做為一個「人媳」、「人婦」、「傳宗接代的工具」
之角色中，女性永遠被困在壁紙的柵欄中，無法翻身。因此，不
能自主的宿命，無疑觀照出了女性內囿於男權文化的思維規範，
使得女體終究走不出家庭封閉的門口，以迎向外面寬廣的世界。

更甚的是，女體內被壓抑的情欲，即使如「一件綴著蕾絲邊
的內衣，勾在生鏽的鐵欄杆上散發出寂寞的豔麗」一般，但在鍋
鏟之下，也只能藉著殺魚去尋找一些失落的慰藉。「殺魚」所覆
載的隱喻符碼，流成了狂蕩的淫水，在找不到情欲出口的女體
中，潰為幽暗虛無的窟窿。魚／女體，都只是任人（男人）宰割
的生物。如文本中保守的公公對鮮魚的欲好，緊掐、按捏著魚身
的動作，無疑是一種老人對權力的象徵，以及男性宰制女性的言
說；而且，在這殺魚的過程裏，女性還成了幫兇，這正隱喻著「男
人操縱女人，女人服務男人」的女性主義符碼。所以在「菲勒斯
中心」（phallocentric）意識下，女性要如何主體，怎樣存在？也
似乎成了一個相當艱澀的問號。更何況，缺少「魚水之歡」的女
體，在乏味的婚姻家庭生活中，又該如何自處？

所以，處於四面米黃印花壁紙所禁錮的女體，以及女體內壓
抑著騷動的欲望，總企圖在男性構建下的鐵屋內，尋找另一扇可
以見證自己存在的窗口。因此，通過浴洗，也通過從鏡子中對自
我身體的凝視，而形成了一種觀照自身存在的慰藉。文本中的女
性「酷愛窺視自己」，而且是「只要有鏡子的地方，馬上就能牢
牢吸引住我的目光」、並「可以從頭到尾從容仔細地審視自己」，
這說明了鏡子對女性的作用而言，先是努力地投射出影像，然後
才進一步的通過窺視／凝看影像以達致自我的認同。在此，鏡子
做為神話與夢幻的雙重特質，其所映照出的影像，常會被女性認

同為自我的[5]。然而，沉溺於鏡框裏狹小世界的女性，在虛幻的影像中，雖然彷彿在統治著所有的時間與空間，並感覺到自己存在的位置；可是，這種虛無的存在，也同時揭示了她做為被動性與客體性的形象特質。是以，經由窺視，使得封閉在單調、刻板與乏味婚姻生活中的女體，找到了一個可以做夢的幻想地。作者在此不斷地屬入女性主義的符號，如鏡子、窺視／被偷窺等等，使其意義與女體連結，並漂浮為一個更深廣的意義層面。

是以，當女敘述者陷入了「面對鏡子，我知道除了我之外，還多了一雙專注的眼神」時，窺視與偷窺遂形成了一種自我的反射，也置女性於一充滿矛盾的存在狀態。即在鏡面的自我映像裏，她還原了自我存在的意識，並以自己為主角，而實現了在現實中所缺乏的自我處境。可是，在面對著窗外的偷窺者，她卻成了被觀視的欲望客體，更甚的是，她還加以將自己的欲望身體在偷窺的過程中內宥化，使「自我」與「他者」之間相衝斥，以致情欲身體更形異化與壓抑。如文中女敘述者發現有一雙眼睛在窗外的遠處偷窺時，遂每天五點準時入浴，將身體抹上乳白的肥皂泡沫，緊縮著小腹，並將雙手掩住胸前，然後對著窗口，「敞開自己的胸，赤裸裸的」。這種情欲壓抑的尋求解放，成了其封閉孤絕世界中所制約而成的文化符號，這裡頭有哀有怨，以此隱喻著女性主體受到遮蔽的一份失落與無奈之生命情境。

---

[5] 奧地利精神分析學家奧托‧蘭克（Otto Rank）認為，鏡子的映象，如神話與夢幻，會映顯出自我來。男人較少通過固定不變的鏡子映象去觀察自己，主要是他他的身體不是欲望主體，故引不起他們的觀注。然而因為女性知道自己是客體，所以相信鏡子中所映照的影象，是她們自己，這遂形成了一個相當弔詭的自我存在命題。參閱西蒙‧波娃（Simone de Beauvoir）的《第二性》，頁713。北京：中國書籍出版社：1998。

　　因此，從偷窺、凝視到被偷窺的過程中，女性身體似乎走不出閨閣的處境，並常在巢穴、閣樓與子宮的意象中打轉。即使郝譽翔文本中的已婚女性，在凝視鏡中的映像與被偷窺中，雖存有著一份對已逝青春歲月的哀悼情緒，但這份情緒卻被燥熱且騷動的情欲所掩蓋掉了，最後裸露出的卻是受挫女性的內囿自我──以女體去展示她另一面的世界。然而在男性的偷窺中，女性身子只是欲望的投射客體，故女體在偷窺的眼睛裡，其之自主性已然悄悄消隱，並幻化為沉陷的泡沫。所以當她發現常常偷窺她的，竟是自己的丈夫時，其體內所有被情欲吹脹的想像，也如泡沫的輕輕給戳破了。欲望的解放找不到出口，幻想的窗門關閉了，而回到現實中，女性還是要再面對著四面包圍著她的黃壁紙，以致其之處境，漸漸萎縮為文中所描述的：「頂樓就只剩下我一個人，天開始急速黯淡下來……。」（32）在此的孑然孤立和無助無奈，正好詮釋著女性無法脫離環境的宰制與凄然的存在處境。總而言之，進入家庭，埋沒於日常的生活中；以及壓抑的情欲、寄生的命運、物化的形象等等，輻湊而成了女性一具模糊的面貌，也即標示著其之存在（presence）本身就是一種不存在／缺席（absence）的狀態。所以〈洗〉一文中的女敘述者，無名無姓，就是女性在這處境下的最好注解了。

　　然而何處是女兒家？這個問號幾乎是許多女性書寫者所殷切關懷與發掘的課題，可是有些女性書寫在探索這課題的過程中，往往無意識地蹈入了父系的話語，而形成了女性虛假的論述。如西蘇所說的：「大多數女性都是這樣的：她們替別人──男性──寫作，在她們的不自覺下，給予了它聲音，最後產生了基本上是男性化的作品。」（托里莫伊，1995：99）這意味著女性

不將自身的性質與經驗加以考量，而將自我置於男性的視角下去進行審視，以致其角色受到扭曲變形，而成為「他者的他者」。唯在郝譽翔〈洗〉這一篇小說裏，她的筆調並未陽化，且意有所指。故從以上的梳理與閱讀中，我們可以窺見她試圖在挖掘出女性存在困局的同時，也思索著造成女性內囿位置的因素。所以，在同性戀的描繪裏，有著女性要求自父系體制中取回身體權的隱喻，然而結果卻是失敗的，反倒最後落得被婚姻與家庭禁制成為女孌，如「被擱淺在磁磚上，奮力拍打著尾巴的魚」（33），等待被宰殺的結局。換言之，由於女性本身拒絕接受和男人一樣成為具有自主選擇與自我設計能力的主體，使得自我存在失落了，反而還成了男性確定自己存在的參照物，這正顯出了女性永遠空洞背影後，所涵具的荒謬特性了。

總而言之，〈洗〉一文中沒有「娜拉出走」的毅然決絕，它所呈現的依然是安於父權秩序／機制下的女性世界。在此，女體銘刻著被壓抑、禁錮、匱乏的「秘跡」（mystery），也展示了女性內囿的存在話語。郝譽翔在文中大量地拼貼著女性主義的符碼：女同性戀、黃色壁紙、偷窺、被偷窺、鏡子、自戀等等，卻全幻化成了性別體制下的存在荒謬，這正也顯示出女性書寫者企圖掙脫性別體制束縛的困局。因此，在男性文化系統凝視下的女性，如何翻轉而上，擺脫這凝視下所形成的意識形態制約，並大聲呼喊：「我是我自己」，仍是一條顛簸且漫長的道路。

【參考書目】

郝譽翔，《洗》，台北：聯合文學出版社，1998。

張愛玲，《第一爐香》，台北：皇冠出版社，1995 七刷。

張愛玲，《傾城之戀》，台北：皇冠出版社，1996 十八刷

羅思瑪莉・冬恩著，刁筱華譯：《女性主義思潮》，台北：時報文化，1996。

西蒙・波娃著，陶鐵柱譯：《第二性》，北京：中國書籍出版社，1998。

顧燕翎主編：《女性主義理論與流派》，台北：女書文化出版社，2000。

顧燕翎、鄭至慧主編：《女性主義經典》，台北：女書文化出版社，1999。

張京媛主編：《當代女性主義文學批評》，北京：北京大學出版社，1992。

方成，《精神分析與後現代話語》，北京：中國社會科學出版社，2001。

托里莫伊著，陳潔詩譯：《性別／文本政治：女性主義文學理論》，台北：
　　駱駝出版社，1995。

M. Merleau-Ponty: "The Structure of Behavior", Trans. Alden L.Fisher,
　　Boston: Beacoan Press, 1963) p.xvi。

子宮迷圖

——心岱《地底人傳奇》的生態書寫

一

　　女性與自然之間存在著一種難以言喻的秘契，如宇宙一體，全在子宮裏隨著生命的脈動而運轉，無限的生機也隨著四季循環不已；或如道，寂兮寥兮，有物混成，恍兮惚兮，育生天地。而女性的月經、懷孕與生產過程更是與自然生態的循序類似，並懷著原始的神秘、柔弱與感性的情質，這與文明的理智、剛強與侵略的特性相反，且形成了生養／強暴、自然／文明、女性／男權、自我／他者的二元對立，因此，有些女性主義者自覺地將父權社會的宰制與壓迫模式，延伸到文明科技對自然生態大肆侵占、掠奪與破壞的關係上，並企圖從中建構一個內在聯繫，以對象徵著父權體制文化的文明科技加以審視與批判。

　　對生態女性主義者而言，文明科技無疑是父權陽具，具有破壞處女林地的威脅，也將宰制著「自然母親」（mother nature）的生機，這會造成環境生態的極大毀滅。如女性生態主義學者瓦倫（Karen J.Warren）就曾指出，宰制自然與宰制女性，其實都是源自於鞏固父權中心的慣有運作與思維，因此只有推翻父權體制，

女性運動與環保工作才能有所作為（1987:3）。這樣的論述，不但展現著對父權的抵制，而且是一種回歸到生命內在的省思，以去尋找自我的存在價值。

二

當西方的生態女性主義者，已深入地對過去二百年前資本消費主義的競爭、文明科技的破壞與工業污染等加以鞭撻與批判，甚至與深度生態學（deep ecology）及生態保育團體進行多向的對話時，回顧台灣女性在環保的行動上，則要到八○年代初才開始發聲。這主要是台灣工業的發展與都市化的影響下，使得環境污染與生態破壞到了極其嚴重的地步，而不得不引發大家的關注。

這時期的女性生態書寫雖然集中在少數幾個人的身上，如馬以工與韓韓的《我們只有一個地球》、《在我們的土地上》、《幾番踏出阡陌路》；心岱的《大地反撲》與《回首大地》等報導或訪問文章，她們的這一番努力，的確可說是已推開了女性環保意識的窗門，並銘刻著對自然大地關懷的情念。惟在文學創作方面，似乎仍閉守在女體之內，而呈現著一頁空白。及至九○年代初，才陸續產生一些反映生態環境的散文與詩，如洪素麗的《夢與旅行》、《浮草》、《盛夏的台灣》等；在小說方面則有心岱的《地底人傳奇》。只是，在這些文學作品中，女性書寫者除了表達出對生態環境的關切之外，是否也曾意識到女性與自然生態的內在聯繫，和兩者之間受到父權文化／科技文明宰制的雙重關係？而女性又如何以其女巫之筆，銘寫一種女性主義的生態言說？故本文

將嘗試以心岱的《地底人傳奇》，做為此一論述的引據，以便從中窺探出其之衍義來。

心岱在《地底人傳奇》這部長篇小說中，描述著一位具有多重身份及跨越時空的奇人班・維多，闖進了台灣以進行「宇宙之鑰」的計畫。班・維多迷信著黃金的力量，身注金沙，金造腰扣，並自詡為「無可克服者」及「掠奪者」。這一形象無疑表徵著男性之無盡權力，陽剛、主動、積極及充滿著支配性。因此，在心岱筆下，不論他是內蒙貴族後裔的王子卡諾汗；還是一介平民的班・維多；或剃度出家的完成法師，實際上都無法掩飾他做為一個「血腥戰士」與「人類殺手」（42）的事實。而班・維多最後所要征服的是：「月河」的終點，地底的世界。

「地底世界」彷如子宮，暗寂而潮濕，並遠離一切科技文明，然而卻是一切生與死的原鄉。古老的精靈在此還魂，隱遁之人在此悠遊，亞特蘭提斯人種的後裔在此聚居。在這黑暗的世界，人回歸到原始穴居的生活，以自然法則解困紓惑，卻擁有了最高的智慧，最舒坦與寬廣的心靈。在此，我們可以窺見心岱的女性想像，舖展成大地之母的洞窟，以去抗衡父權體制／科技文明的編碼。這份將子宮隱喻化，而凸顯了自然母親的創生徵象，更是表明了她的企圖：

> 根據古老的傳承之說，胎兒能在子宮中孕育，地靈也能滲入孕育，大地母親所居住的洞窟，被視為避難與重生的地方。（131）

大地之母的陰性（feminine）特質，涵蘊著生命的靈性化（spiritualization）與神聖化（sacralization），及具有創生、重生

和哺育萬物的象徵,而這樣的一種特質,宛如古希臘神話中的女神卡雅兒(Gaia),創造了宇宙、大地、諸神以及人類,並展現了自然之母的生態觀一樣。因此,在子宮的意象裏,人類與自然和諧地統一,並依據自然的韻律存養生命,這正是凸顯了心岱在生態書寫上的女性特色。

此外,像一些西方女性主義者所提倡的,惟有回歸到女性宗教與女神崇拜,以及肯定大地和女人的身體,才能脫離天父式的男性奴役與壓迫,而找回人自我的靈性,如此,也才能在生命的創造、保生的循環中,與天地萬物綿延生長下去。所以,大地之母做為一女體,孕育生命,創生萬物,無疑代表著人類對生命本源的體認,進而更加地重視生態的問題。心岱在這方面也有意識地將宇宙女體化,甚至將它靈性化:

> 天上的星星匯集滋養,其後,培養出所有的生物。就像是母親孕育胎兒一樣,大地透過天界得來的靈魂,在胎內孕育礦物。(118)

宇宙有機地在自然中進行物質、能量與信息的交換,在子宮的洞窟或穴室內,繁衍不息。在此,心岱的敘述話語充滿著隱喻與象徵力量,並以自覺和警醒的態度,鋪設著她的生態女性主義意識。而大地之母,衍化為地底人的大家長「娣孃」/「地母」,實際上是含有更具體的形象表現。如坎伯(Joseph Campbell)所指出的,神話最基本的形象就是母親懷抱著嬰兒,在此,母親的形象可以衍化為大地之母,而人類永遠是母親懷抱裏的小孩,當他們迷失掉自我時,則娣孃,就會成為聯繫著母體的臍帶,牽引著迷途的孩子,讓他們重新回溯到子宮裏去(120),回到生命的

原鄉,去辨識原來的自己。而地母,永遠以寬大與包容的胸襟迎納他們,以愛,潤化著所有受傷與挫敗心靈的歸來。

因此,做為地底人的母親,「遞孃」的形象結合了神話、象徵、異象(vision)與儀式的話語,以靈性和神聖性顯現出其之多變的形態。她不只是「穴居王國最高的神祇,世襲之主,也是獨一無二的智慧領袖」。(132)而且有時候會以「處女、新嫁娘、中年婦女、甚至垂垂老嫗」(131)的樣貌出現,或表現出各種不同的景象來。可是在千變萬化中,「遞孃」的陰性特質卻恆定不變。這象徵著在心理活動或文化思想的模式裏,它是多元並充滿開放性的,尤其是保有對自然的深厚感情,使它與陽剛的科技宰制完全迥異。像朱麗雅伍蒂(Juliet Wood)所說的:女神的陰性特質在根本上就是求取生態的合諧與和平,而不是暴力、對抗、競爭或控制。這一份特質,使女性主義生態者視大地為生命之源外,也將自己融入自然之中,以展現宇宙一體的生命觀。

所以從這方面窺視,心岱的生態女性主義立場是相當明確的。即使是地底人的世界,在心岱的筆下,也是陰森闃黯的,而且沒有男人,只有一位女老師與一群天真無邪的孩童。女老師負起了褓姆、教育之職及陪伴孩子長大的責任,另一方面,也在扮演著「母親」的角色,以保護、滋養和啟發的方式去引導新的世代。因而,從「遞孃」到女老師,我們可以發現,女性陰性特質在此做一典範式的挪移,幽隱地提出了一個非父權宰制╱壓迫的生命實踐和新的世界觀來。

總而言之,「地底世界」揚棄了二元對立的辨證關係,卻呈顯了女性自我、社會與自然統合的理想家園。是以,如果地球被視為一母體,則「地底世界」如子宮一般的生育與護養,就是愛

的生命呈現了。此外，從神話的象徵學上，初民進入洞窟之中，也可被視同進入母親的子宮裏，這是一種與自然融合，以及自我安頓的生活方式之一。而通過這樣的回歸，也將使人類與其根源合一，進而使人類確定自己與自然宇宙的一體性。生態女性主義者在這方面，由自我、性別層面去思考人、萬物與自然大地的聯繫，進而促成環境保育的言說，的確形成了一個重要的議題。至於心岱在這議題上，以小說做為開展，更是令人相當矚目。尤其是通過地底人的對話，更彰顯出了作者在這方面強烈的意識：

> 「地球生病了嗎？」孩子問。
>
> 「當然，臭氧層破洞、熱帶雨林濫伐後的溫室效應使地球癱瘓，其實，我們也和地球上人類一樣是命運共同體，他們的問題，我們有義務協助解決。」
>
> 「為什麼？」
>
> 「那裡是我們的原鄉，只有用我們的文明才可能拯救人類的命運。」（119）

只有通過母性的陰性特質，才有可能拯救地球的生態問題；也惟有通過靈性的愛，以及對自然的崇敬與認同，才能療養大地的創傷。而地底人都是「愛的信徒，和平的使者」（268），他們的靈性智慧，將會為人類找到回家的路。心岱所描述的「地底世界」與地底人，實際上是指向母體與女性的靈性結合，從而為女性與自然被父權和科技的宰制狀態，發出控訴的聲音。

三

此外，在心岱的筆下，我們閱讀到班·維多最後闖入了地底世界，結果不是征服了它，反而卻是被那世界所召喚與融化。而從另一方面來看，班·維多的闖入，也可被視為大地子民進入子宮母體的一種回歸，或一種向生命本源的探索歷程。因此，過往的強人與戰士，在大地之母的體內，卻發出了這樣的一個訊息：

> 「地底人種不僅是高智慧的生命體，他們的愛更是令地表上文明的人類忘塵莫及，如今，他們扮演了救贖的角色，正為解救地球危機而效力。」（264）

心岱藉由班·維多的形象轉化，以及他對地底人的認同，指出了一個生命價值的取向：共同為地球的生態保育而努力。如果往更深一層探析，班·維多後來將其「宇宙之鑰」的使命交付給陳中文，並以此交換由台灣與外蒙古所簽定的核子試爆 A 計劃，正顯示出維護生態的工作，最後還是要由女性來完成。所以，從地底的「娣孃」到女老師，再到地面上的陳中文，女性的陰性特質不斷地被凸顯出來，她們是柔順、合作、感性、智慧、自然與充滿創造的生產者，惟有在她們的世界，一切生態的護養與保育，才得以開展。是以，生態女性主義者在環保運動的過程中就曾指出，在壓迫性陽性宰制的霸權文化中，走向挽救地球生態危機之路，最後還是必須通過陰性特質去完成（Theodore Roszak，1978：）。

因而，陽性、剛強、科技的暴力和肆虐，在此全被消泯掉了，一切回歸自然，像地底人避入地底；或班·維多回歸地穴，那是以大地之母為最後依歸，以自我發現為建立生命尊嚴的一種覺醒。心岱企圖透過了這樣的書寫，以表達出她的女性生態主張，如她借夏雲在海底中潛水的感受，指出「從人類最初的空間——子宮，到無可測量的宇宙空間」，人類永遠都是生存在母體之中。即便是夏雲在海底潛水，亦具有嬰兒在母親子宮裏沉潛於羊水中的隱喻。故生命千變萬化，實際上都不離自然的涵融，大地之母的懷抱。在這裡，心岱間接表達了人必須去瞭解大地之母，並依循自然法則生活，進而才能與世界產生共體感，才能對自然生態產生關懷。

四

心岱的《地底人傳奇》，為台灣生態女性主義文學打開了一扇窗口。她在小說中所指涉的，不只是一般環境倫理的敘述；或從認識自然，親近自然到融入自然的自然生態寫生，而是試圖借用神話的言說，重估古老的生命智慧與生存態度，以言詮生態保育的重要。尤其生態環境已成為現代人共有的困境與必須重視的問題，山林的砍伐、河川的污染、廢棄物的驟增、臭氧層的破壞、核電的廢料等等，使得自然生態失調，也將全球逼上了危機的處境。另一方面，人類的生態文化並未完全建立，而經濟技術的無限擴展卻造成地球資源的日愈銳減，人口的迅速膨脹，都形成了環境難以應付的癥結所在。心岱在小說中就曾間接地呼籲：「人

口的不斷增加一定會耗盡每一分資源。」(268)所以,生態保育與人口的控制如果做得不好,受到最大衝擊的,還是人類本身。

尤其是被譽為美麗之島的台灣,具有山林翠綠的屏障、四周又有湛藍的海洋與海底美麗的珊瑚,只是在近二、三十年來,卻因為經濟不斷的發展而造成生態破壞可謂日愈嚴重,這不能不令一些環保之士所擔憂的。因而,心岱透過了陳中文的口問:「台灣過了三年會怎麼樣呢?」會怎麼樣呢?只有維持人與自然的和諧關係,對所有生物懷著敬重的心理,並以更實際的行動去落實生態文化的建設,才能使環境的破壞減到最低。此外,女性所具有的陰性特質,與視大地為母體的觀念,無疑可在生態保育上發揮一定的效用。

從《地底人傳奇》中,我們似乎看到心岱在生態書寫上的一個勢態,即通過女性的自我認知,強調靈性的覺醒,像地底人那樣,在穴居中重新體驗古老的生存典範,以道家的思想,或大地之母的信仰,去認知生命與自然之間的根源關係,尊重萬物,進而與天然的野趣並存不殆。所以,在《地底人傳奇》裏,我們似乎聽到了心岱那柔和的生態女性主義聲調,以說書的方式,將我們一步步引進了地母洞窟/子宮中,那宛如迷宮一樣的地下通道或穴室,且不斷地提醒我們:人類與自然宇宙是一體的,只有回歸自然,才是存在的根本。

總之,心岱以小說創作去思考女性在生態文化的角色,以及反思父權文明的的宰制/壓迫所造成的生態危機,在台灣的女性與生態文學創作上,無疑具有啟示作用的。而女性寫手,應該往這題材做更深入的開拓,讓文學也能緊貼著生態環保的議題,進

行思考、辨證與對話，並讓更多的人重視生態的問題。畢竟，我
們就只有這麼一個地球。

【參考書目】

心岱，《地底人傳奇》，台北：時報文化出版，1992。

顧燕翎主編：《女性主義理論與流派》，台北：女書文化出版社，2000。

顧燕翎、鄭至慧主編：《女性主義經典》，台北：女書文化出版社，1999。

張京媛主編：《當代女性主義文學批評》，北京：北京大學出版社，1992。

坎伯（Joseph Campbell）著，李子寧譯：《神話的智慧──時空變遷中的神話》（上）台北：立緒出版社，1996。

Warren, Karen J: Feminism and Ecology: Making Connection" Environmental Ethics 9,1（1987）p.3-20。

Warren, Karen J: "Ecological Feminism" New York, Routledge,1994。

Merchant, Carolyn: "The Death of Nature: Women, Ecology, and the Scientific Revolution." New York, Haper and Row, 1980。

愛的悼亡詞
——論蔣韻的《隱密盛開》

　　讀蔣韻的小說，宛如讀一闋宋詞，其間情韻流轉，動人心魄。她的敘事語言趨向於空靈剔透，懷舊感傷；如她筆下人物的情狀，淒絕蒼涼。從她早期以傷痕文學崛起的《我的兩個女兒》，到《失傳的遊戲》、《紅殤》、《大雪滿弓刀》、《櫟樹的囚徒》、《我的內陸》、《上世紀的愛情》及《隱密盛開》等，可以窺見，她的小說不斷以抒情的筆調，探入女性內心和心理世界，並企圖挖掘出一系列女性漂流和孤獨的愛情史。因此，在她的敘事中，我們時常可讀出一些女性，在詩情追求與命運錯位之間的哀矜。而文革中的文化破碎和解體的歷史，更使得她一系列的「愛情漂流故事」，在生命記憶中成了悼亡之詞：悼祭著一個古老而美好愛情的喪失與死去。

　　是以，蔣韻筆下的女性，多是善良而有情有義，溫婉而憂傷的。她們都一意執著於內心和諧完美的世界，並堅持著一種愛情的靈性和純真，甚至將愛情拉拔向宗教化的追尋。如〈古典情節〉的夏平、〈裸燕麥〉裏的林琦，或《我的內陸》中的老蒙娜等，她們有的看起來像「一塊舊時代的化石」；有的在知青歲月中將自己沉澱和定格成一幅古畫，有的則為自己崇尚的古典愛情奉獻一生。以至於身陷在過時的唯美追憶裏，而至終命定的要走向悲

劇後的孤絕。這些女性，在一種戀舊情結的夢想中固守著愛情的老靈魂，孤獨地堅持著自己荒涼的身影。

　　同樣的，在蔣韻近期出版的長篇小說《隱秘盛開》中，這種近乎於宗教化的愛情敘事又再次的被迻繹、組構，而展示了女性情感記憶裏某種獨特的詩意追尋。如小說開頭所強調的，這是一個憑弔愛情傳奇的故事。之於憑弔，之於傳奇，無非是這樣的愛情，在這世代，永不復返了。因此，愛情只能被當著宗教般守待、殉身、祭祀。一如小說裏的潘虹霞，或住在呂梁山深處磨盤凹裏的拓女子，都各自為著自己堅執的愛情感覺和記憶，而無悔終生。

　　《隱密盛開》的敘事策略，是由兩條線索開展出來並在最後匯合為一。其一邊寫的是以潘虹霞為軸心之大學七七級生的愛情和命運故事，另一邊卻是將筆觸探往偏僻的磨盤凹山村裏，描述村女拓女子在知青教導識字後，打開了蒙魅的意識而有了愛情的夢想和追尋。前者著意的是潘虹霞做為一個暗戀和傾聽者的角色，在劉思揚的身邊徘徊。儘管劉思揚身邊有了陳果，後來又與小玲瓏在一起，但潘虹霞仍然站在那裡，及至畢業而成了唯一留守於母校和那座城市的人。為了愛，她把自己站成了一座孤島，堅定地守候著愛情的歸返。在此，蔣韻要處理的，似乎不是愛情的表象，而是潘虹霞內心深處的情感認知和命運。從她十四歲時對豎笛姐姐的癡迷，到大學時對劉思揚的戀慕和等待，這隱秘的情感業已成了一種貞潔的信仰，始終緊扣著她一生的命運。因此，與其說她是愛人，不如說她是為了維護自己心中那份完美的宗教信仰更貼切。一如潘虹霞最後的遺言：「愛永遠是一個人的事，和被愛者無關。」（236）故她以情殉情，不是為了別人，只是為了自己。

　　而另一敘述線路卻指向了山坳村落的拓女子與她的女兒米小米。文盲的拓女子因下鄉女知青的啟蒙，而開始懂得「愛情」兩字，懂得牛虻和瓊瑪的愛情故事；懂得咯血而死的梅表姐，也懂得投湖自盡的鳴鳳。而她自己，也為著如安娜‧卡列尼娜一樣過著有愛情的日子而死了三次。跳崖、吞水晶、撞牆；這種為愛情信念而殉身，近乎宗教式的虔誠，敘述了女性精神的悲情表現；愛情成了一種鄉愁，一種教義，有人為它殉身，也有人為它堅守到生命的最後一刻。因此，從博導的潘虹霞到村婦的拓女子，體現了蔣韻在愛情古老命題上，一貫的意志和堅持。愛情和死亡在此有了交會，並充滿著堅硬的力度和質感。然而蔣韻卻把它壓在筆底之下，以致我們讀到的，是敘事中人物的悲涼和感傷，孤寂和無奈。

　　而從拓女子這一線索延伸出去的米小米，卻遇到了中年的潘虹霞。這場相遇，敘述了兩代人的愛情認知，古典和現代的，然而卻與道德判別無涉。米小米曾經賣身，但為的是救治母親的絕症；甚至後來被包養，也有過男友，可是這一切都和愛無關。她們都是在漂流，都在尋找一份精神層面的愛情詩意。因此，無枝可棲，無家可寄彷彿成了她們的愛情宿命。一如蔣韻的其他作品，「寂寞的河水」這意象時常浮現，並伴隨著孤獨、死亡的沉寂，而在流水中展開了荒涼的言說。像這小說在開章所書寫的：「一條河，在漆黑的夜裏，緩緩流淌」及「她們都是那種對河流特別熱愛的女人」（8）。所以綜觀其小說，可這麼說，蔣韻的故事，講述的就是如此河流般，女性心靈精神追覓的漂流史。

　　或許蔣韻的敘事，在一些女性主義者的眼中看來，存在著一種「落伍」的荒謬感。她筆下的女性彷彿是被壓抑、被消音，甚

至宿命地在世俗中自我放逐。然而蔣韻並不在乎那些喧囂的女性思潮，她固執地獨舉著女性愛情的神聖信仰，護衛著那份心靈殿堂，並以此情感去穿透世事人生的百態。即使與同世代的王安憶比較，她也甚少去探勘女性的情欲，或通過女性去銘刻母姓的歷史，反而多以溫情脈脈的筆調，去書寫女性集體記憶中形而上情感的純質。因此在《隱秘盛開》裏，不論是從潘虹霞、拓女子到米小米，這三個女人，都各自在隱秘的生命中，與自己的愛情相遇，也在自己的愛清裏自殉。所以注定了，這類的愛情是一種悲愴，也是一種絕症。如癌。

癌也，與愛諧音。而小說中的三個女人全都患上癌症：潘虹霞得了肺癌；拓女子得了肝癌；米小米卻得了乳癌。這樣的疾病，不但指向了性欲的減損，也逼近了死亡的絕境。而此一絕症隱喻，不也就是指向愛情的精神性和孤絕的面向嗎？至於這種背向未來的愛情故事，是蔣韻用以抵抗現代消費社會肉慾狂歡的一種書寫？她筆下的愛情天使們都將臉朝向過去，並在時代往前進步時，卻對貞潔的古典愛情進行著無盡虔誠的追思、仰望和膜拜。如蔣韻所說，她們都是信者，以美麗而憂傷的背影為自我的愛情拓印，並由此證見自己的存在價值。

而讀蔣韻的小說，總是令人想起廬隱，或蕭紅。那些離家、追尋愛情、離散失落，及至死亡的故事，在時代與個人的交錯中，銘刻成女性生命裏荒涼的碑誌。那些故事雖然老舊，但迄今讀來，仍然可悲可感的。

雖然蔣韻的女性敘事，有其獨特的詩意觀照和表現方式，但在追尋愛情的主調上，我們似乎還是可以看到五四那些女作家的幽靈閃爍其間，並婉轉為一則則更動聽的情事。至於隱密盛開

後，這些堅持著愛情如宗教的故事，會不會就此在蔣韻詩意的筆下結束呢？我們正期待著她下一部作品所給予的答案。

【參考書目】

蔣韻著《隱密盛開》，台北：麥田出版社，2004。

暴虐與溫情

——論余華《兄弟（上）》

　　余華的小說是否一種對歷史的自我救贖？從他的兩部代表作《活著》（1993）和《許三觀賣血》（1995）中，可以窺見他不斷以文字暴力深入挖掘文革時期歷史內部的創傷，殘酷、冷峻、狂虐，由此文字敘述而企圖展示一則中國近代的瘋狂史。如果說魯迅在二〇年代是以一種抵抗的姿勢面對歷史傳統，用吶喊尋索未來的方向；則余華卻是旋迴而上，以暴虐代替吶喊，而洞穿了生命在革命和被革命中的虛妄和無奈。人生如蟻，悲憫難為，吃人和被吃，無疑也就形成了他小說世界裏的另類辯證關係。因此，《活著》裏的福貴，經歷了一個吃人和隨時被人吃的苦難時代後，最後依舊難逃家破人亡的結局，在小說的尾聲，我們可以看到，他是以殘敗的孤身，見證了一個荒謬時代裏的一個荒謬人生。所以活著，是一種自我救贖？還是一種血淚的控訴？同樣的，在《許三觀賣血》中，許三觀的身體從暴虐間敘述了一個卑微之極的夢——圓滿的家。從賣血娶妻、養家、救急，或為兒子治病等，敘說了存在的荒誕和悲涼。而賣血的背後，實際上還是指向人吃人的瘋狂世界，這世界與文革糾葛一處，更凸顯了荒謬的無為。活著，似乎是為了見證著那一個非理性時代的傷殘。

　　余華的寫實往往是循著文革、暴力、殘虐，以突穿歷史的記憶。然而在這些卑微的小人物生命裏，余華卻賦給了他們某種愛與尊嚴的溫情。如福貴在冷酷的時代中仍然保持著一種對生命的信仰，從頹廢失落到重新做人，在在啟動了不屈的意志；而許三觀拼著老命賣血，希望能以此賺錢，為得了肝病的大兒子求醫治療，更是展現了在亂世中那一份「守護」著兒女的偉大父愛精神。而類此溫情書寫，無疑使余華的小說，超越了一般平面的寫實，並遙指向「寓言」的隱匿情境。因此在苦難的血淚之下，小說中仍然隱藏著刀刻般的微笑，堅決地在愛和尊嚴裏肯定著人性的最後一片溫情。這似乎是余華對人生價值理想的一種仰望吧。

　　而在余華停筆了十年之後，創作下的《兄弟》（上），仍然延續著他過往那份暴虐和溫情的書寫特質。文革的歷史場景依舊被召喚出來，以做為小說的祭壇。因而通過李光頭的回憶，歷史成了一種敘事，也成了一個荒誕絕妙的故事。小說一開場是以李光頭在十四歲時，於廁所偷窺「五個女人的屁股」，做為一種奇觀敘述。這樣的性偷窺，不在於他從林紅的屁股上大作文章，以換取五十六碗三鮮麵為標的；而是經由此一偷窺，陳述了個體欲望下所投射出來的時代畸形現象。那是充滿著集體偷窺欲望的時代，也是一個病態無能的亂世。那個時代，就好像李光頭八歲剛發育時期，對性欲懵懂認識一樣，從「原來我發育了」、「我性欲上來了」、「城裏的電線杆我都搞過幾次了」到最後家破人亡時不再對電線杆「搞男女關係」，而宣稱「我陽萎了」，一層層地剝顯出整個文革時代不可自制的集體衝動、暴虐、變態和無知的狀態。在此，過剩的力比多所引發的暴力傷害，不只扭曲了人民的知識和記憶，也把美好的人性完全抽空掉了。因此，在這樣的隱

喻書寫下，它一方面投射出「萬歲強暴了全體人民」的苦難史；一方面卻又嘲諷時代的荒誕不經和失落。這樣的書寫，乍看來是嘻笑平常，實際上卻是血淚飄零，處處傷痕的。

尤其是寫到宋鋼的父親，李光頭的繼父——宋凡平時，余華的筆調趨向於露骨的寫實，不但將他的形象描繪成「高大全」——身高一米八五，充滿正義感和愛心，是李蘭、宋鋼和李光頭在亂世中的守護神；更重要的是，這個代表著理想的人物，卻在高舉紅旗後，被發現具有地主成份而成了暴力凌辱欺虐的犧牲者。如王德威在論余華的小說時指出，其小說「無不以死亡或瘋狂是尚」（178），在此，我們看到宋凡平被抓、被批、被打、被鬥、被關，甚至到最後，為了守諾答應到上海去接治病的李蘭回來，而私自從監獄的倉庫裏逃走，並在城東的長途汽車站買票間，被六個紅衛兵亂棍敲擊而死。那種暴力書寫，在血肉模糊之下，呈現了瘋癲無序又近乎於殘酷的場面，那無疑是人非人的一種極致展示。而作者的暴力敘述並未於此結束，在宋凡平將要入殮時，余華又再次以暴力方式處理了宋凡平的屍體——因棺材太小，所以他的膝蓋被人用磚頭砸斷，以便將過長的小腿折彎疊進棺內。這樣的暴力敘述，無疑銘刻著人已不被當人看待，因此即使是死了，屍身還必須受到極大的屈辱。此外，小說後段敘說孫偉父親在牢房內以磚塊，將二寸多長的大鐵釘，狠狠地砸入自己的腦殼，砸得和腦袋一樣平整，暴力敘述魅惑詭譎，自我的刑罰暴虐，殘酷瘋狂。這樣細膩的暴力描寫，處處都在控訴著文革的精神分裂狀態，因此，所有的暴力施虐，是不是只有以死亡的暴力為結束，才會獲得最後的救贖？！

　　在暴力肆虐的時代，到底誰主沉浮呢？Anthony Giddens 就曾質疑，在控制暴力工具之時，美好的社會將是怎麼樣子？（332）這些問題，在這小說中似乎是找不到答案。宋凡平和一頭長髮的中學生孫偉的慘死街頭，及至後來孫偉父親在牢中慘烈的自殺，都指向了一個沒有目的性的歷史。然而這些暴力事件，卻成了李光頭成長經驗中的某種意義，並讓他真正了解到：存在的價值即在存在本身。只要活著，一切都可以成為交易的，包括偷窺林紅屁股後的記憶。在這裡，余華的諷喻，使這小說在歷史記憶的建構中，多了另一層向度。

　　然而，余華似乎並沒有放棄在暴虐書寫下，形構著人性中溫情的面向。在正義公理頹圮的時刻，只要有人性溫情的守護，則一切還有救贖的可能。因此小說中仍然堅持著人性中明亮的光輝，以期在暴力符號裏，去抵禦著沉淪的末世。而宋凡平所扮演的就是這樣的角色，以一種近乎偉大的精神之光，守護著李光頭和宋鋼在非理性的年代中，免於在巨大暴虐的陰影下產生恐懼和失落。即使他在生死逼迫的關口，仍然是在他們面前展現著希望和樂觀的態度，並且用愛去擁抱他們的生命。這種「高大身影，像是電影裏的英雄人物」（144）表現，仿若肉身成道，展演出了一齣齣悲壯的劇情。宋凡平在這小說中宛如幸福美夢的製造者，讓所有的罪惡在他身上得以完整的救贖，因而，這樣的敘述使余華的這部小說，消解了歷史政治的苦難和不幸，而趨向了寓言性的話語。尤其是到了小說的尾聲，宋鋼在李蘭臨終前，答應照顧李光頭的話：「媽媽，你放心，我會一輩子照顧李光頭的。只剩下最後一碗飯了，我會讓給李光頭吃；只剩下最後一件衣服了，

我會讓李光頭穿。」（251）無疑把寓言性的敘述聲調拉拔到了最高點。

這是否一種對暴力和非理性歷史的拯救？如我們讀到小說中余華將文革時代的童年記憶凝定在掃蕩腿和大白兔奶糖之上，這象徵著暴力和溫情的兩種記憶，混合著時間退逝的聲音，在小說裏圖解著一個時代的故事。不管這故事裏頭是不是還在延續著余華一貫的尋父情結，或是死亡與存在，暴虐和溫情；但我們可以肯定的是，在這部乍看來像是企圖尋求對歷史進行拯救的小說中，余華只不過是在講述著一個時代命運的故事而已。歷史的光影，寫實的敘事，在說故事者的口中，都只成了世事如煙，成了一則可以多方解讀的寓言。

【參考書目】

余華著《兄弟》（上），台北：麥田出版社，2005。

多重的變奏

——論林燿德的都市散文

一、前言

　　詹明信（F.Jameson）論及後現代主義時，曾指出把這名稱看作是「某一階段的文化風格，代表某一階段的文化邏輯」，而所謂後現代主義（Post-Moderism）是承接現代主義而出現於「後工業社會」的文化模式。這個社會是以科學技術和訊息為基礎，由此擴展開來，產生了對生活方式與經濟秩序的衝擊，以致社會的舊有價值和語言的表述模式分崩離析[1]。而七〇年代的台灣，正處於經濟起飛的點面，商業化與都市化仔科技與資訊的日益膨脹

---

[1]　參閱詹明信（F.Jameson）著，唐小兵譯《後現代主義與文化理論》，西安：陝西師範大學出版，1986 年 9 月，頁 143-146。其實，詹明信對「後現代」的討論，有兩個值得注意的地方。第一，他從社會經濟進程的角度，觀察後現代的時序，那是自五〇、六〇年代美國與法國帶動而產生的國際性運動，一個以跨國資訊、市場與電子媒介為主導形態的社會結構。第二，則是它展示了「文化風格」與「文化立場」的觀照點，即在後現代主義中，文化與工業生產及產品，已緊緊結合，並成了消費品。詹明信與後現代主義的理論家李歐塔（Jean-Francois Lyotard）等，都認同商業化都市化（urbanization）是在科技與資訊日益膨脹中所無可避免的狀況。台灣在八〇年代中因經濟急遽的起飛，資訊、政治、生活文化等的遞變，最能反映在這時期剛剛萌芽中的都市文學裡了。

中，是無可避免的狀況。城市的急邃發展，異化它舊有的景象。
尤其台北，高樓大廈堆疊組合而成的空間，政治、經濟與知識等
交織而成的網絡，以及電子媒介所展示的「文化風格」，無疑已
徹底動搖和改變了人原有的生活模式與價值觀念。這種都市空間
（urbanspace）的變遷情景，正好刺激著一些作家的創作思維，
並為他們提供了一個深廣的創作題材。

因此八〇年代，「都市文學」開始在台灣文壇興起，並以不
確定的定義廣泛流行[2]。它所呈現的是「都市」這個流動不居的變
遷社會[3]。作家們嘗試以種種符徵與符旨去剝顯都市的景象與權力
結構，由此也延展出都市中人的知覺形態和心靈觀感。而這方面
最具有成績，應推小說與詩[4]。至於最能直接反映生存環境與時代
面貌的散文，卻是在都市題材上表現最弱的一環。現代散文依舊
是籠罩在個人所吞吐的感性和抒情的氛圍中。所描摹的景觀，也

---

[2] 對都市文學的定義，鄭明娳將它分成兩種，即廣義的都市文學與狹義的
都市文學。廣義的都市文學所指涉的主要是：以城市生活為描寫題材的
市民文學。它是應工商業社會的發展，城市興起而導致文學題材的轉變，
並以此反映城市化後的都市變貌。而狹義的都市文學才是鄭明娳所認定
的「都市文學」，它所反映的都市並非具體可見的地點，而是社會化中，
因各種不同力量的衝擊所產生變易不居的狀態情景。見鄭明娳著〈知識
性與立體的鋪陳：關於「都市文學」〉，《自由青年》82 卷 3 期，1989 年
9 月，頁 21。至於最早揭櫫台灣的「都市散文」並大力提倡它的，應是
林燿德與黃凡。他們在《新世代小說大系。都市卷》前言曾提出了「都
市文學已躍居八〇年代台灣文學的主流，並將在九〇年代持續其充滿宏
偉感的霸業」之看法。

[3] 見林燿德著〈八〇年代台灣都市文學〉，收入於《世紀末偏航》。中國時
報文化出版企業公司，1990 年 12 月版，頁 368。

[4] 在小說方面，除了張大春具有嶄新都市思考之外，小說家如黃凡、王幼華、
陳裕盛、林燿德、黃啟泰、葉姿麟在這方面的創作有很好的表現。至於
詩人如林群盛、夏宇等，亦曾在都市詩這題材上展佈了壯闊的新視野。

多傾向於鄉土田園的情境,許多散文作家仍然無法超拔於感性的思考模式,代以知性的觸覺伸入都市的水泥鋼骨,去觀察此間生命的感觀世界,進而去發掘其背後所隱匿的形上意義。也有些作家,雖然身在都會,心情卻還停留在農業時代,耽溺於自己筆下所構成的鄉園歲月。這種排斥和逃避都市的矛盾心態,常可在八〇年代的台灣散文創作中見到。在這其中,林燿德是極少數能以坦然的心態,去面對和接受都市所帶來的文明好處與惡果,揭櫫都市文學的大旗,並企圖以知性的筆調與文類混淆的後現代書寫方式,為現代都市構畫新的圖像,也為都市散文的內涵與外延,作了新的引申,由此展現了他在都市散文創作上的獨特風格。

因此,為了更深入探析林燿德散文創作中,那份對日益迫進的後工業文明的敏銳感應心靈,以及其作品中對科技整合的思考反應,本文擬就林燿德的兩本散文集《一座城市的身世》(1987)與《迷宮零件》(1993)為本,探求出其都市散文的理念。

二、都市現象的多元呈現

林燿德(1962－1995)生長於台北都市之中,他俯仰吐納的,是都市的時空與空氣,所必須面對的,也是都市的文化環境。在這種情況之下,他的確是比一般人更能接受和認同都市,也能真正關心和介入都市,進而才有能力認識和批評都市。對於都市,林燿德存在著一分決然相向的感情,並肯定都市是現代人生活中所需要面對的現實。他說:

> 在都市裡,我們生命過程中任何可資利用的部份,都成為商品。燈籠、風箏,連賀卡上的祝語都是現成的,而我們

的感情果然是至真無偽？

在臨沂街十七號圍牆裡的日式平房，我嗅到歷史的，黑暗的潮濕，這特殊的氣味，將盤繞在未來建築的地基裡。我決定不再懷舊，不再對土地依戀。(〈臨沂街〉，1987：93)

這是林燿德以其前衛作家的特異稟賦，超前的接受和感應著後現代消費社會城市帶來種種訊息之反映。所以林燿德的散文，在很多方面，都顯示出他是國內鼓動後現代風潮的急先鋒之一。他的時代意識十分敏銳。他熱衷描繪與呈現的是現代化的都市和後工業文明，諸如傳真機、洗衣機、終端機、電視機、保險、股市大戶等等。從林燿德的許多作品中，可以窺見都市化思考和後工業現象，處處穿插於他的文字之中，而展佈了一個都市空間與心靈結構的多元呈現。如他寫都市中的人：

就像是馱載著螺殼的蝸牛，在長滿了符號、象徵、暗示、密碼和圖騰的草原上，拉開一道繼繼蠅蠅的蝸篆，纏錯成一幅以虛無感為筆觸的虛無畫面。人是都市流動的紋身。(〈幻〉，1987：116)

人在都市的空間，賦予了都市的意義。在林燿德的筆下，都市的感覺經驗，更是需要靠相關文學的明喻或暗喻等方式，來傳達某種都市的生活特質。因而，在林燿德的散文中所描寫的都會情景，常常具體的反映了都市生活中被視而不見的都會現象。像他描寫都會人的消費欲望：

兩旁參差的建築架出連綿多變的霓虹燈火，規則而反覆地將強烈的訊息植入人們的視網膜，幻化之圖撥弄著他們深藏腦漿中的潛意識，無形的繩索牽引著市民購買、再購

買……多媒體洗著消費者的骨髓，流行則以異端帶領人類
邁向無止境的縱慾。(〈光〉，1987：117)

在都市中成長的林燿德，能以理性與客觀的態度，從不同角
度，去觀察、理解與把握住都市的脈息，並在都市的病歷中，思
考與針砭都市的異化問題。因此，作為深具都市性格的一位散文
作者，林燿德是相當自覺的以都市人的思考方式，去前瞻和關切
未來。故在〈目擊者〉一文中，他對都市的兒童有很好的描寫：

三個不滿六歲的孩子被條紋鐵窗割成無數部份，六隻立體
的小手戲劇化地伸出規整的框格，像一幅嵌在鋁緣中的超
現實小品。他們的臉龐若只掛著調皮也就罷了，更帶著一
份過度的早熟，多半是看多了電視而出現的知識爆炸併發
症早期徵侯。(1987：147)

而他在通篇文章中，勾勒出都市老人的地位不再，這也表徵
著一個舊有的老人權威社會，已在都市的發展中漸漸退出了舞
臺，都市是屬於兒童的世界，他們將是都市未來的建構者。因而，
他如此寫著：

老人們在都市逐漸凋零，以往他們總是在陽臺上乘涼，在
無數的白晝裡充任都市最佳目擊者的角色。現在呢？不是
因為太老而退回臥房，就是閒適地在郊區療養中心的花園
裡散步；學齡前的孩童替換了他們，小朋友們誠實地在水
泥塊的格子窟窿中向外望著，監視著街道，他們是現代都
市的目擊者，把液體般的童年用水槍射向街道。(1987：
148)

另一方面，自覺意識與都市化思考，使他得以從一座座矗立在晨光中的建築，看到：「這一切正是文明本身在說話。」（〈靚容〉，1987：71），並承認「以都市為故鄉的人……卻又矛盾地被都市這個妖嬈婦女烙上異鄉的胎記」（〈幻〉，1987：116）。至於都市中種種現象，仍是林燿德所熱衷與關注的。對大都市，他的確比一般人具有更深切的體會。像他在〈空間燃燒〉寫的：

> 從癌細胞得到靈感的大都會，有著明確的國籍，血統卻混亂。他持恆地和衛星都市們貿易無數的人口、資財、夢、垃圾與罪惡，通過一座座新舊不同的橋樑，在時間的流程中，像一隻不眠的沙漏。罪惡是朵朵有毒的鮮花，落地生根以後，滋養彩瓣的根部，一直延伸到盆地的地底。
> （1987：135）

而罪惡之源的情慾悄悄在都市蔓延，在不斷被切割成越來越小的空間，男女的感情卻觸之即燃，同居的現象更成了都市生態的另一種景觀。這種情況，無關乎道德層面的問題，或是表徵著個人價值的破滅。因為空間的不斷逼迫，令人在都市，彷如困獸，以情慾點燃自己，尋求生命的另一條出路。對這方面，林燿德的感慨頗深：

> 都市用不同的牆逼迫，壓近著渴望空間的人，他所經過的空間，都有一無形的烈火在燃燒。攤開地圖，都市和街道的名稱，是否正『散發著燒焦肉體的氣息』？（〈空間燃燒〉，1987：137）

生活空間被重組，扭曲、甚至割裂，都市中許多異化的現象不斷在重演，人的視域與心靈知覺的僵化，愛情的速食也及

道德，正義的販賣，都是林燿德散文中常處理的問題。至於都市人的疏離感與身世的泯滅，更是構成了都市的特點，如〈靚容〉中寫的：

> 都市面貌的日新月異，把人鍛鍊得冷漠。僅僅十年就可以改變一個區域中每一個最小的細節。無常的圍牆、無常的鄰居，都是是一座無常的叢林，水泥牆上迴蕩的嘈音如同野獸的嘶吼，交織的道路向八方奔馳，劃開大地的皮膚……都市出身的人是沒有故鄉的。他們從生到死，都像乘坐一輛永不停歇的快車永遠的進站，出站，遺忘了起點，也不存在著終點。（1987：77-76）

孤寂，是「都市人共同的命運」。在都市繁榮與整齊秩序的背後，卻「存在著難以解決的文明苦果─擁擠、罪惡、噪音和污染」，也交織著「文明與無明、希望與失望、理性和繆性……」[5]（78-79），這種相依相附的矛盾，正也顯現了都市中物質文明與精神腐朽成反比的現象。此外，都市中人長期在電子技術與水泥森林的包圍下，還存餘著多少的靈性呢？在〈自動販賣機〉一文有很好的答案：

> 在一個美好的早晨，你站在面臨六線大道的玻璃帷幕大廈中，拉開厚重紫色毛料窗簾，發現龐大的人潮正通過斑馬線，大家都趕著上班，你突然想起 Pgarnia 的一則極短篇：一個懂得知心性的女孩在大廈裡望著人，熙熙攘攘的群眾，竟然沒有讀出任何資料，她只好據實告訴身旁的老板

---

[5]　參閱洛楓著〈從後現代主義看詩與城市的關係〉，《當代》62 期，1991 年 6 月，頁 54-58。

> 『因為大家都沒有思考』，在另一個美好的早晨，你同樣
> 站在面臨六線大道的玻璃帷幕大廈中，拉開厚重的紫色毛
> 料窗簾，也許，也許你會發現龐大的自動販賣機群正通過
> 斑馬線……（1987：127）

由此，我可以窺見作者對都市人性心靈剝蝕的諷刺。大家都
像販賣機器，不斷販賣著自己的時間和生命。此外，他也勾畫出
了都市的精神本質，那就是冷漠。林燿德常以都市中的貓為題
材，並借用「牠們高貴的冷漠」，以諷喻都市人的人際關係。在
〈房間〉，作者利用房間、甕蛹、答錄機等意象，襯托出都市裡
的人與人之間的隔絕。如寫他面對答錄機，結果是：「我說不下
去了。唯一的動作是掛下電話。」可是在另一方面，林燿德並沒
有忽視文明的正面意義。因此在〈文明的感動〉裡，他如此寫著：

> ……在兩座連體嬰似的大廈剛完工，象徵著文明的龐然大
> 物，如兩枚暗黑色的火箭矗立夜空，沒有燈火，也沒有人
> 煙。埃及的人面獅身不正是如此的坐在沙漠上嗎？我們張
> 目仰視，彷彿歲月已老，而身在千萬年後，垂憐著古老文
> 明的奧妙，卻又震攝於它的強大。

作者肯定新世代的文明，將與古文明同樣的不朽。至於都市
雄偉的大廈，正象徵著都市不斷膨脹的權力和欲望。因此，從林
燿德的散文中，我們可以探出其對都市文明的認同與關心，對都
市的一些現象，加以理性的思考和批評。此外，在林燿德以都市
為主題的散文中，反映了都市兩個矛盾的特質，即：文明與墮

落。[6]它主要是體現了人類矛盾的情感。在感性與理性、傳統與現代之間的掙扎，在進步與墮落，光明與黑暗之間的抗衡，林燿德企圖以其知性的筆調，以此去構畫一個都市散文的藍圖。

三、都市中物象隱喻內涵的延伸

在以都市主題為散文創作理念之中，林燿德曾提出幾個基本的認知[7]，大致可歸納如下：

（一）都市化的生活環境，將不斷激發感官與心態活動，以呈現新的美感經驗，也不斷調度與更新創作者對事物，環境觀察與審美的角度。

（二）現代都市文明高速的發展與進步，帶來尖銳與急劇的變化，導致一切進入緊張衝刺的行動化運作情況。創作者迫進前衛性與創新性，以求不斷進行突破是必然的現象。

（三）承認現代都市文明已構成心象活動，重要的機能與動力。

從這些基本認知中，我們再回過頭來審視林燿德的散文，看他如何以多稜鏡的視角，去鑑照都市中由工業文明所產生的物

6　Henry Lefebre 曾從城市含混的特質（ambivalence）中歸納出兩個矛盾與執迷的現象，那就是文明與墮落，以及真實與虛幻。這些現象，在林燿得的散文中俯拾皆是。有關 Henry Lefebre 對城市異化的理論，請參閱哥倫比亞大學 Pike Burton（1981）"The Image Of The City in The Modern Literature" Pinceton Essayes In Literature，Princeton UP。

7　參閱林燿德著〈八〇年代台灣都市文學〉，發表於「八〇年代台灣文學研討會」，一九九〇年九月二十九日假「國立中央圖書館」舉行。並收錄於《世紀末偏航》中。頁 369，台北：時報文化出版社，1990 年 12 月。

品，並且以其美感經驗發掘都市中個別的心靈個體與權力結構。
如他寫的〈洗衣機〉：

> 沉沉的震動，沉沉的水流，攪拌著那些色澤繽紛的衣服。
> 浮現與隱沒，在白色的泡沫與黑色的漩渦間，那些色澤繽
> 紛的衣服，那條凝結成條塊又相互纏繞的彩虹，在毫無情
> 緒的運轉中興奮的盤旋。精液、汗漬、灰塵與體垢，混雜
> 在黝黑的水質中。洗衣機所清洗的，不僅是那些載沉載浮
> 的衣物。它清洗的是一個混雜的族群，用『家』的觀念所
> 攪拌而成的一堆記憶。（1993：59）

以洗衣機隱喻都市的幽暗與光明面，並呈現了現代都市的
「平面感」。此「平面感」即所謂空間深度與符號深度的消失[8]。
換言之，在現代都市中，人的歷史感情已消失掉了，族群的分別
性也全然被打散，大家都混雜為一，即都市人。這種「平面感」
也是現代城市的特徵。而在現代都市裡，身世不再重要，身份地
位才是衡量一個人存在的依據和價值，因此，在都市之中，人性
的各種黑暗面都會在此呈現；一些難以解決的文明苦果，諸如污
染與罪惡等，恰好與「都市的進步與繁榮，整齊秩序的靚容」（〈靚
容〉）成了強烈的對照。在林燿德的散文中，時常呈現出這種矛
盾的現象。像他在〈冷氣機〉中寫的：

---

[8] 詹明信（F.Jameson）認為在後現代主義中，歷史情感的消失是現代都市
在空間轉變中，造成空間深度的消失，這將使現代都市的「平面感」出
現。即全世界的都市之建築形狀相當類似，特色的差異亦不大。而都市
中的居民也大部份是從外圍移入者，其身世不會過問，而只注重身份地
位罷了。參閱注1，頁30-45。

> 沒有冷氣機的夏天，羽翮不整的迷路候鳥仍舊在灰褐色的
> 天空尋找去年的童伴，最後剩下的幾隻哺乳類踱步到污濁
> 的河邊咕嚕咕嚕的飲水，翠綠的雜草悄悄鑽出龜裂的捷運
> 路面。沒有冷氣機的夏天，人類既無法離開他們的房間，
> 也無法不離開他們的房間。（1993：61）

「踱步到污濁的河邊飲水」的無奈，與「翠綠的雜草自龜裂
的捷運路面鑽出」的頑強生命，正象徵著都市人的生活形態與處
境。在夏天，依賴冷氣機的都市人，面對的是進退失據的尷尬場
面。這表徵著對文明的排拒與依賴的矛盾心緒。因此，在林燿德
的都市散文創作裡，他並非僅於對都市外觀進行表面的觀察，描
繪和報導，而是更細緻的詮釋整個社會發展中的衝突與矛盾，以
公寓中的日常器物或用品，諸如果汁機、電視機、電話、電唱機
及終端機等，去瓦解都市意象，而釋放隱埋於都市人心靈中，深
沉的、沉默的集體潛意識。如作者在〈答錄機〉一文，認為答錄
機是沒有靈魂的，由此而引申出：

> 每當我聽到電話另一端播出主人的留話，就彷彿看到了對
> 方所擁有的那枚紙人空無一物的臉龐，然後我想到自己所
> 擁的的那枚紙人，不禁為他空洞而寂寞的身世滴下淚來。
> （1993：68）

深刻地描述出都市中人的孤寂感。尤其在都市資訊網絡控制
下而生活的人，寂寞的意義，即是面對自己。作者在另一篇散文
〈房間〉有更深入的刻畫：

> 為了考證一隻蝴蝶的學名，AKANE 在電話那頭興奮的
> 說：「距離一小時的車程的兩個房間，沒想到就像在隔壁

一樣」我當然瞭解她的意思。一個孤立自閉的房間突然超越時空連結在一起，我感動得差點打開門到隔壁去。（1993：18）

電子資訊將空間拉近，然而是不是也將人與人之間的距離拉近？這就成了一個很大的問號。因此林燿德接下去寫：

> 這種經驗是美妙的。我卻聯想到反面的挫折──撥號。
>
> 答錄機：你好，這是雨果商業設計公司，請撥分機號碼或撥九由總機轉接。
>
> 撥分機號碼 147？
>
> 答錄機：對不起，我們沒有收到正確的分機號碼，請重撥一次。
>
> 重撥分機號碼 147。
>
> 答錄機：轉接中，請稍後。
>
> 等待。
>
> ……
>
> 答錄機：（何清美本人留話），我暫時離開座位，痲煩你留話，我會儘快與你聯絡（總機小姐留華）請在音響後留話，結束請按 1。（機器聲）嗶──
>
> 我說不下去了。唯一的動作是掛下電話。（1993：20）

人的隔絕與疏離並未在電子網絡下消失，如文中所指出的，在面對答錄機，使人更感到一種跌進金屬洞穴般的空洞感，並由此產生一分荒涼與孤寂的情景。身在都市之中，林燿德是頗為自覺到我們所生存的現實，已經逐漸被物質化的事物所取代，有朝一日，人類將會淪為答錄機和類似家電用品的附屬品。

至於在〈大師的制造者〉，林燿德用幻設的手法對所謂的「大師」進行一番嘲弄：

> 人工大師的藥效雖然不超過百年，在當代卻幾可亂真。大師制造者也常常辦大師的動物園，真的、假的，一個個擺入紙張和文字所構成的牢獄裡。（1987：151）

在此，世俗所謂的大師成了一種真偽不明的怪物，他們的成就並非來自實力，而是一群「大師制造者」泡制的虛榮；這篇作品一針見血地揭開了資主義社會中「人欺人」、「人為人役」以及都市名人「被生產」和「被消費」的奇特現象。

因此，林燿德在諸如此類的散文，常常採取隱藏自我的視角，以文本中的器物去作自我的闡發，或隱喻或明喻，迴旋收放，不落言詮。總的來說，林燿德不時以其獨特的藝術觀念或美學原理匯入散文創作內涵，發掘都市中所隱藏的各種隱喻及內在的物象，這使到其散文的內容，遂形深化。

四、都市散文的表現手法

一般而言，傳統散文作品大多以喧染作者個人的性格或感性為主，但林燿德似乎明瞭恆以自我抒情為主題，在創作上將形成格局的限制，唯有適度的遺忘自我，始能成就偉大的作品。從創作《一座城市的身世》和《迷宮零件》兩本書的名稱及其怖局組織中，足以佐證他具有恢宏的建構企圖。如他在〈城市。迷宮。沉默〉[9]一文中指出：

---

[9] 　見《明道文藝》第212期，台中：明道文藝社，1993年11月，頁55-59。

　　八〇年代前期我寫作一連串《都市筆記》時，逐漸浮現兩
個主要意象系統，其一是地圖；其二是迷宮，它們即是公
共意象，也融入我個人的色彩。

　　從「地圖」到「迷宮」，說明林燿德筆下所書寫的都市散文
幾個重要的特質：突破文類。所以他點明了「我的《迷宮零件》，
是小說、詩或者散文，也即是另一個迷宮，關鍵處僅是由我導遊
罷了。只不過導遊者隱身其中，成為『零件』的一部份，那個消
失的『我』是逃避者又是追索者。」因此，在林燿德的散文中，
他不戮力寫生活瑣事或抒發一己之感懷，而是經常訴諸知性和高
度的幻想，相當程度的依賴學識和理性思維，從歷史、地理、文
學、藝術、神話和其他科學圖書吸取材料和靈感，由此呈現一種
自我抽離的敘述態度。

　　林燿德的散文結構，實驗性相當高。作者深受日本作家安部
公房（1924－）與法國導演雷奈（Alain Resnais1922－）的影響
頗大。在其他部分的散文作品中，亦呈現了反結構的處理。反結
構是後現代主義的一種表現手法，林燿德為了凸顯科學文明打破
大自然法則，使都市散文呈現片斷，瑣碎而雜亂，人的生命也彷
如被割裂，所以在都市散文的表現上，呈現了一種片斷或拼貼的
反結構手法。在〈行蹤的岐義〉、〈紫色的警句〉、〈房間〉等文中，
最能看出他以片斷綴輯的特出表現。作者在一篇散文內，可以容
納幾個即可互相掛勾，又可以獨立成章的短篇，而且都籠罩在都
市的內涵之下。在主題的表現上，渾然圓融。因此，其都市散文
可稱為新世代風格的散文。

　　林燿德早期是以詩崛起，後來也涉及小說的創作，是以，對
文類嚴格的區分並不完全遵守。在其散文中，不時可以窺見夾雜

著詩或小說的寫法，利用修辭、意象或情節的營造，構寫出一份令人沉思的氛圍。例如，作者在〈我〉文中如此描述自己三歲時拍攝的照片，說：「那一年，一九六五年。中國大陸山雨欲來，越戰啟幕，拉丁美洲……，照片裡我身軀下的籐椅安置在龜裂的地圖上。」（1993：104）而在《一座城市的身世》中，如〈幻戲記〉、〈電梯門〉、〈家門〉等，林燿德則斟酌採用了小說的敘事原理而呈現了故事的情節。

此外，林燿德的散文，動輒引述許多史籍或冷僻的著作，而賦予散文一種知性的內涵。故他的散文，文字雖然精煉，但本質卻是冷漠、乾燥而堅硬。因他受到安部公房等作家的影響，以致其都市散文的基調是沉悶、肅穆和冷靜的。此外，如前所述，林燿德在其都市散文中將作者本身匿藏起來，「我」只是個書寫者，文章完成後，書寫者與文章就毫無關係了。這和羅蘭。巴特（Roland Barthes）所謂「作者已死」的觀點有些類似。所以真正透露文章主旨的不是作者，而是文章之內所隱藏的主人，一般上稱作「隱藏作者」。這與傳統散文多通過渲染作者個人的性格或感性來吸引讀者，具有很大的差異，這也是都市散文的主要特色。

總而言之，從文類混淆、反結構，知性的敘述，及至「隱藏作者」的寫法窺探，林燿德的都市散文無疑吻合後現代的書寫風格。他在散文中所表現的，亦是現代人文明化、都市化以後的思考方式和行為模式，這呈現了都市散文的多元性、複雜性和多變性。

五、結論

　　林燿德在都市散文的創作上，可謂開創了新格局。從其《一
座城市的身世》到《迷宮零件》，我們可以窺見他對散文創作的
企圖心。他並不像一般的散文作者，興意揮灑胸中的感懷，或抒
發心裡的情念，而是對散文形塑一種理性的設計，並在相當程度
上依賴學識和高度的幻想，去突顯其散文的獨有風格。而在林燿
德的散文中，或許有一些作品純是為了實驗而實驗的機械表現，
更有些堆砌著一些知識性的符號或材料，而不見其消融於散文的
表現中，故讀來不免令人有種硬澀的感覺。然而，其以後現代的
表現手法，去建構都市散文的這一版圖，無疑為台灣的現代散文
史，開闢了另一條新路，而且也為後來者，指出散文創作更多可
能的方向。

【參考書目】

1. 著作／書籍

林燿德,《一座城市的身世》,台北:時報文化,1987。
林燿德,《迷宮零件》,台北:聯合文學,1993。
林燿德、孟樊編,《世紀末偏航》,台北:時報文化,1990。
詹明信著、唐小兵譯,《後現代主義與文化理論》,西安:陝西師範
    地學,1986。
鄭明娳主編,《當代台灣都市文學論》,台北:時報文化,1995。

2. 期刊論文

林燿德,〈都市文學的定位與走向〉,《自由青年》82 卷 3 期,1989
    年 9 月,頁 4-31。
吳潛誠,〈遊走在後現代城市的迷宮想像〉,《聯合文學》137 期,1996
    年 3 月,頁 50-54。
洛楓,〈從後現代主義看詩與城市的關係〉,《當代》62 期,1991 年
    6 月,頁 45-72。
鄭明娳,〈知性與立體的舖成──關於都市散文〉,《自由青年》82
    卷 3 期,1989 年 9 月,頁 21-24。

烏托邦的祭典

——論鍾怡雯《河宴》中的童年書寫

在歷來大馬旅台文學創作者群中，企圖以散文此一體裁做為創作的志業，並孜孜屹屹以散文構畫自己的文學藍圖，能獨樹風標、異彩大放者，實屬不多。[1]九〇年代出自台灣文學獎中崛起的鍾怡雯便是其中一位代表。鍾怡雯獨以散文作為創作的主力，且極思創發，以求散文的題材開向多面的指涉。就文字的淬礪、文章的篇幅，以及作品的質量上而言，她的成就具有明顯突出的格局，即使置於台灣的現代散文創作者群中，亦絕不遜色。

鍾怡雯的散文呈現了女性所獨有細膩與靈秀的氣格。他的文字精緻剔透，並善以鍊結意象，或用比喻和象徵的技巧，以鋪陳事物的敘述與景物的描寫，而使其作品別出一格。唯因她將大部分散文的主題挹注於回憶之中，由此而划向童年的場域，乃使其作品在虛構與寫實之間，輻湊相成[2]。因此，閱讀鍾氏的散文，我

---

[1] 從歷來大馬旅台文學創作者的名單與創作與創作趨向窺探，不難發現，六〇年代以降者諸如：陳慧樺、王潤華、淡瑩、林綠；七〇年代間的李永平、商晚筠、張貴興、李有成、賴敬文及神州諸子如溫瑞安、方娥貞、黃昏星、周清嘯、廖雁平，及至八〇年代的傳承得與陳強華等，他們或以小說，或以詩做為創作的重點，有者一筆多棲，暢遊於詩，散文與小說的創作場域。而無人願意將創作之筆焦聚在散文的版圖上。就筆者來看，這是頗為有趣的現象，

[2] 鍾怡雯曾提到，其散文大部分皆為虛構。(《文訊》月刊，1997.3：49)

們宛如透過其童年之眼，窺得那片世界的人情物事，及感悟到她對生命的觀照與對事物的同情和關懷。基於一些書寫乃源自作者的想像，她所描述的空間無需標誌，是她心土上童年的烏托邦。在此，她可以把身份隱匿起來，使人閱讀到的，是她虛構的人間。這人間，沒有國界，置於任何地方都可以成立。而童年無疑是成人世界中永遠的鄉愁。因此追弔童年，正如追弔過去的自我。在鍾怡雯的作品裡，童年的書寫彷如是她散文中的紀念儀式。我們可以自《河宴》的許多篇章中掇拾到她在這方面的表現，這也彷彿成了她散文中的重要母題。因此，本文擬就《河宴》一書，以解讀鍾怡雯在其作品中所呈現的童年天地，以及這天地中所涵融的理趣與情致。

一、童年書寫的特質

鍾怡雯曾提到創作具有虛構的成份[3]。其實，就文學的創作而言，虛構是難以避免的。文學的虛構世界不必完全映照現實世界的現象。簡言之，虛構世界只是現實世界一個「辯證性」的蜃影（mirage），文字的鋪陳無需遵守現實世界的指令；因此，這可以讓創作者經由想像去發揮創作的空間。唯其中作品的內涵，多少與人生經驗和生命的觀感還是有所關連的。瞭解這一點，我們再來看鍾怡雯的散文，才能更深入地探及其散文創作的內質。

但在虛構中，總不免還是附有作者的一些感情與經驗成份在內，在敘事描寫中隨由飛躍的想像鋪展開來。因此，其散文雖然形構了自己心中的人間，唯在虛構中，仍還是存有寫實的特質。

[3] 參閱鍾怡雯〈專欄小品不是誰都能寫的〉，《南洋文藝》，1996.1.9。

在《河宴》一書裡，鍾怡雯常常以童年的經驗去組構她散文中的世界。因童年乃以一種特殊的時空形態而存在，就心靈上而言，他擁有一個完整的自我、原始的欲望、純真的心理，以及充滿幻想的眼睛[4]。因此，據著童年的經驗去書寫一些人情事物，就可置於錯綜複雜的成人世界之外，而呈現出美好的天地。這美好的天地，可謂為隔絕凡俗的心靈烏托邦。鍾怡雯在〈人間〉一文中即有這樣的描繪：

> 這裡不似人間，一切輪廓那麼朦朧，水印子般渙散。這裡
> 確是人間，炊煙斜逸，菜香滲透茫茫的霧靄。思緒愈飛愈
> 遠，暮色漸走漸近，我來到門前。（3）

她來到的人間，是她心靈上的一塊烏托邦。在這裡，沒有國界、階級、種族、宗教及性別等族群偏見，有的是新奇的事物與美好的樂園。這人間，「確是遺世而獨立的夢土」（5），是「青鳥不到的地方，與世隔絕的桃花園」，也是「童年時心靈的避難所，完美的休憩地」（〈人間〉：10）。這揭示了鍾怡雯筆下的童年是一個獨立的空間，和外在的世界貌似交錯，實際上卻是以遺世獨立的姿態，保留在書寫中。唯有在書寫中，它才被隔離於社會結構之外，而渾融的展現一幅美好的圖景。這片天地，保有一片原始與純真的自然，也象徵著與成人世界中種種秩序隔離。故鍾怡雯在其童年的書寫中一再的強調「成人的世界有太多的隱喻與

---

[4]　容格（Carl Gustav Jung）在「兒童原型」的心理分析上指出，童年是指一種心靈狀態，這狀態表現著一種渾然天成，不經雕琢的原始本性。唯在現實中，童年與成人的世界截然二分，只有通過回憶、睡夢或幻想中，才能據此回到童年的世界。（〈兒童原型心理學〉 "The Psychology Og the Child Archetype" 1994：7）

曲折，不若大自然的坦白可觀」（〈人間〉：5）；又在〈馳想〉中
提到：

> 現實無法企及的事物，總有朦朧的、距離的美。尤其是童
> 年這樣一片讓想像無止盡奔馳的原野，充滿了神秘和被開
> 發的潛能。那時對未來沒有明晰的概念，萬事煙雲忽過、
> 百年柳蒲先衰的感慨尚未成形，神話傳說狐仙故事的時
> 代，醞釀了一個童趣盈然的宇宙，現實的生活和理想的界
> 線不明。小孩捏泥人般塑造自己單純的世界。成人的生活
> 被物質套牢，不若小孩擁有脫韁的想像，自有一套詮釋世
> 界的法規。（158）

因此，做為前伊底帕斯階段（Pre-Oedipal Period）的童年，
其所對抗的是成人那充滿隱晦和計算的世界。文明、理性、知識、
政治與職業都在此泯滅。有的是渾沌的情態和自然的天地[5]。所
以，我們會發覺到鍾怡雯的散文，諸如：〈迴音谷〉、〈河宴〉、〈靈
媒〉、〈村長〉、〈天井〉、〈鳳凰花的故事〉、〈來時路〉、〈島嶼記事〉、
〈外公〉、〈馳想〉及〈童年花園〉等，描寫了許多鮮活的自然景
象和自然化的人，這是童年書寫不可或缺的特質。她在〈迴音谷〉
一文寫道：

> 深山莽林原本是神話和故事的子宮。此刻，我正在尋找的
> 旅途中。老人與狗、木屋與山羊，那是孤絕的意象、童話

---

[5]　弗洛依德（Sigmund Freud）曾認為兒童的心靈不是一片白板，而是比較
　　符合「自然的狀態」（state of nature）。這與盧梭（Jean-Jacques Rousseau）
　　在《愛彌兒》（Emile）一書中所提到的「兒童是人類生命中最接近『自
　　然狀態』的階段」是同調的。這份心靈，使童年的世界充滿著純真的感
　　情和大自然的氣息。因此，許多的童年書寫，總是與大自然環境有關。

的素描，靜靜的鑲嵌在山與山的指縫間，她名為迴音谷的
家園。(21)

這家園樸實、原始、溫馨一如童話。不論是〈人間〉裡高聳
入雲的樹木、穿過雨後的彩虹、泥土的馥郁和草木榮華的薰馨；
〈河宴〉中白茫茫的蘆葦與一河的水聲；還是〈山野的呼喚〉裡
的蟲鳴、水牛、村落和交疊的山巒等，這些大自然的景象，不時
在鍾怡雯的散文中出現。包括她對日出的描寫，也充滿著大自然
的景致，如：「童年的太陽有一張酡紅健康的臉，愉快的從柔軟
的雲床爬起，掀開雪白的霧帳，趁探險和我們見面之際，給天空
換上繽紛的朝霞。」從鍾氏在其散文中對大自然事物做大量的描
繪來看，他無疑符合了童年書寫中自然的心靈狀態，而呈現出童
年與自然的緊密關係。而大自然景物中的種種純樸、原始，以
及安詳與靜謐的氛圍，正是童年心靈寫照，它杜絕憂慮、虛偽、
痛苦，也由此隔離了成人的現實世界，使童年在自然中能盡情展
示其本性。

童年書寫的另一特質是本我（id）[6]的表現。在童年心靈的樂
園裡，「本我」唯一的目標是追求快樂和滿足。在那回憶中宛如
烏托邦的天地，一切的事物都是溫馨而甜美。故童年的本質並不
喜歡追求知識，或學習成人世界中的種種秩序，誠如弗洛依德在
《精神分析引論‧新論》中所言，他是充滿了能量的活力，但卻

---

[6] 弗洛依德認為「本我」（id 或譯為「原我」）這非人格性的名詞，特別適
合表達人類心靈領域的主要特徵──即外在於「自我」（ego）的事實。
弗洛依德依次將人類的心理人格分成三種領域，即：本我、自我與超我
（弗洛依德《精神分析引論》1991，頁 502）。

是沒有任何集體意志[7]。在這處境中，他們的世界是自由自在與涵具著充沛的生命力量，像脫韁的野馬，在林野鄉間上奔馳。而鍾怡雯散文中的童年書寫，恰是如此。像老跟在村長背後的淘氣小孩（〈村長〉），那想被磨熱的橡膠子燙痛及三番四次欲窺探家人腳板樣子的好奇孩子（〈我的神州〉），聚在鳳凰樹下跳房子、玩鬼抓人人和彼此笑鬧等遊樂（〈鳳凰花的故事〉），及聽著奶奶講著神話的故事（〈天井〉）；或：

> 我尾隨媽媽，手提雙腳緊縛、沉甸甸的大公雞，耳聽四面八方、此起彼落的本地新聞，快活自在的很。不聽話的公雞掙扎鳴叫，我狠狠在牠的腦袋敲上一記，咕噥著詛咒牠早日被殺了煮米酒，讓我吃進肚子裡去。（〈鳳凰花的故事〉：94）

這些童年的淘氣、追求歡樂和無憂無慮等等的行為，無疑是童年「本我」的自然表現，因此，回憶中的童年書寫，總是呈現著一片歡樂與美好的圖景。這些天真、活潑與稚氣的自然本性，要等到被成人儀式的文化洗禮後，才逐漸剝脫。故鍾怡雯以童年做為其散文的書寫策略，就這方面而言，是相當成功的。

---

[7] 弗洛依德在這論點上，其實是針對「本我」而言，他提到從本能中獲得能量的「本我」，是充滿活力的，唯因它沒有組織，因此產生不了任何集體意識，但卻帶來了臣屬於快樂原則的本能需求之滿足感罷了。（《精神分析引論・新論》1991，頁 502-504）而童年「本我」的展示，鄭好符合這一點特徵。

二、樂園與失樂園的重建

於此，也必須注意到，在童年的書寫中，作者因以回憶的全能視角去復活童年的美好時光，因此，常會產生樂園不再和對時光流失的感嘆。一切美好，幻想與純真，也即隨著童年儀式的完成而淡化。所以，童年的回憶，往往是被視為抗拒成長的唯一消極途徑，而童年樂園的影像，也就成了心靈的祭典。在此，失樂園的無奈與噓唏，可常在鍾氏的作品中窺得，如他在〈島嶼記事〉中寫的：

> 我已經失去了那座島嶼。
> 再回去的人臉上寫滿失樂園的悵惘與迷失。據說文明的潮浪淘盡了原始的記憶，綠林山川成為歷史的古蹟。時光鄉愁的患者啊！只好捧著破碎的碧琉璃，無奈而失望的回到現實的世界裡。（105）

心靈中的樂園版圖與現實世界的現象有太大的差距，在面對時間和面向記憶之下，童年所熟悉的景物，全在時光無情的淘洗與文明狂飆式的衝擊中剝失。尼爾·波茲曼（Neil Postman）在《童年的消失》（The Disappearance of Childhood）一書中，亦坦然指出：「科技文明，尤其是電子資訊環境將導使童年概念逐漸消除。」（1994：107）童年的樂園，心靈的烏托邦，在與現實照面後才發覺：「這樣隱密所在，我以為它會一直無恙的遺世而獨立，卻沒想到那不過是乍現的桃花園，欲待再重覓，卻如春夢了無痕跡。」（111）所有美好的事物，在時過境遷，歲來事改後，

全已化做一心的悵惘。所謂「武陵漁夫至此已完全失去了桃花源，文明粉碎了他們完美的回憶。」（113）因此，在走向成長，走入現實，因一旦完成了成人儀式的洗禮，童年的樂園也就永遠的消失。

除此，在童年的書寫中，離開鄉園，亦即表徵著揮別了童年歲月。易言之，空間的轉換，正隱喻著樂園的失去。如〈天井〉中，奶奶忍痛賣掉老家的屋契，無疑是將作者宛如夢土的童年從生命中割離而去（〈天井〉）；或〈人間〉裡的即將去國，也宣告了與那遺世獨立及青鳥不到的地方告別，因為「童年的甜美就像不耐舔的綿花糖，唇齒留香間，便忽已長大。」（〈河宴〉：33）長大了，就不得不離開那塊童年的夢土，再回來，也只能「像手持斷線的小孩對著天空悵然若失。」（〈來時路〉：103）因為田園柳老，故景非舊。當記憶與現實兩相對照，留下的，也只能是無限的悵然和噓唏了。

現實中的童年樂園固是永不再復返，然而，在心靈上，它卻被鏤刻成永難磨蝕的生命版圖。通過回憶，即可抵達那個最純淨的地方。所以，鍾怡雯說：

> 失去的既無法追，我們卻可以以眼為墨，以心為紙，把一路風景拓印，裝訂成畫冊，藏進時間之魔無法褫奪的記憶之苑囿，隨時可以進去與昨日的快樂哀傷溫存敘舊。（〈來時路〉：99）

或在〈島嶼記事〉中，一起頭就提到失去了那座孕育著她底童年的島嶼，這只是就現實中講。可是，在心靈上而言，那塊童

年的烏托邦,卻是恆永的收藏在她底生命裡,經由回憶而變得更加美好和可握可持:

> 有時候,我又覺得沒有完全失去那一座島嶼。因為我把那塊未琢的碧玉藏在記憶的百寶箱裡,時空的銹痕侵蝕不了它。只要我願意,隨時可以取出把玩,仔細欣賞,看每一道原始的線條、每一個稜角、每一處凹凸的痕跡,感覺它的溫潤輕細。(105)

因此,童年的樂園並未消失,他可藉著回憶重建,並永久的保留在書寫中。所以童年書寫,也就成了樂園重建的另一種形式。只是這一種重建形式,卻多少已帶著虛構的成份在內了,並非真實的過去。故「不由自主地,我進入已經在腦海中翻滾復活千百次的花園,雖然明白它不會是我懸念的從前。」(〈童年花園〉:203)

總而言之,童年書寫涵具了:樂園消失和樂園重建的敘述模式。當童年步向成長,即意味著樂園的失落。故只有通往回憶才能去重構那一片消失了的樂園,可是以回憶重建的樂園與過去真實的童年,實際上已有本質性的差異,且無法再現,所以就變得更加溫馨和美好。這是大部份童年書寫中的特色,使得這類作品常常呈顯出歡樂的圖景。

三、人生的觀照與生命的體會

另一方面,本文也想指出,鍾怡雯以童年的視角去尋繹人生的種種現象,無疑是其童年書寫中最可取的地方。透過其童稚之

眼，而所映照出的人物，如：小祖母、村長、爺爺、奶奶、陳叔、寶珍、外公等等，都涵有其各自生動的生命形態與面向，由此，也揭示了美好的短暫和生命的無常。因而，以童年做為散文的寫作策略，可以棄絕種種繁雜在外的敘事，而以天真活潑之筆，探入生命的幽微之處，由此體驗到時歲不留，人生虛幻的實相，並使文章顯得純樸而真實。

而童年的敘述觀點，多是以家中的長者，諸如爺爺、奶奶、外公、祖母，或童伴做為鋪展的主要對象。這些人物與敘述者的童年，往往是存在著緊密與親和的關係，所以寫來格外親切與生趣盎然。像那時常夜行不寐，及將各種蟲物浸在藥酒裡當標本的古怪村長（〈村長〉）；或開朗樂觀，翻山越嶺，遊走於毒蛇出沒的險域，並在曲折多舛的人生裡煉就生活智慧的外公（〈外公〉）；還有一生念念不忘原鄉的爺爺（〈我的神州〉），這些在記憶裡的過去人物，都為作者的童年帶來了生命的聲光色影，而使得童年書寫顯得更加生動。

在另一方面，鍾氏也不時以童年的書寫策略去觀照人生和體會生命。如在〈人間〉裡對不被家人認同的小祖母，在面對命運的嘲弄和侮逆時，雖以一副逆來順受的淡然和樂觀態度相向，實際上，其體內卻涵及一份堅忍不拔的生命力。像描寫祖父過世時，小祖母眼神中所流露的淡漠，及作者對小祖母的理解：「她並不是聖人，只是對突來的橫逆或該走的歡愉都默默接受。那種逆來順受、理所當然的態度看似軟弱，實而堅強得近乎兇悍。」（6）而後，並插敘了作者對這一生命的肯定：

這才是有血有肉的童話，不是單純化的唯美，而是踩在艱
酷的刀山上，仍能以微笑去謳歌生活的浪漫。生命被歷
錬、敲打著，如一條韌性十足的鋼索。(6)

在苦難中仍能以淡定的微笑去面對人生，是作者對生命的一
種嚮往。如寫〈迴音谷〉中的老人，或〈外公〉裡的外公，都具
有如此淡然而豁達的智慧。可是，一旦面對無情的時間，生命的
無常和虛幻，卻一樣令人難解。故貫穿鍾氏的童年書寫，正是此
一迷惑。如〈我的神州〉裡以祖孫對照描述家園置換的無奈、〈人
間〉中寫小祖母的人生際遇、〈天井〉裡敘說奶奶的衰老、〈鳳凰
花的故事〉中徵喻陳阿姨的早逝等，處處調拌著生命的無常、無
奈與滄桑感。在〈破繭〉中，作者對此有很好的描繪：

歷經人事變遷的母親或者深感生命的幻滅不定，對滄海桑
田的人事儘管樂天寬容，卻不時在言談舉止裡透露對生命
的疑惑以及微微的宿命。

哪！你看那堆蝸牛殼，大清早就不知道被那個粗心大意的
傢伙踩得稀爛，唉！一天才開始呢！（169）

生命的虛幻與真實，是人生最大的弔詭，在童騃的眼睛裡，
永遠找不到詮釋的答案。可是在大人的世界，卻有一套詮釋的方
式。如〈馳想〉中的母親以淡定的態度把哀傷滅度，冷然面對生
死，並「義無反顧的擁抱這個變幻的人世」。生活歷驗所成就的
智慧，其實不若童年之無知；而稚子之心呈顯自然的狀態（state
of nature），實是與我相契，故此，「童年之所以令人緬懷，泰半
也是生命未扣上枷鎖，零負荷的心不受羈絆，是以恬靜而自然。」
（166）鍾氏對於生命的感悟，卻別有一份理趣。從書寫中，她

挖掘到的，是時流下人情物事的渺小，生命的無奈，人生的無常。
而臨流照影，成長的圖像襯出了時間的無情，也讓她理解到：

> 時間不斷掠奪人類最保貴的生命之源，同時又拉拔長大一
> 批批髫童，自古以來它用這種方式遊戲人間，樂此不疲的
> 觀賞人們怔忡疑惑、敗得不明所以的癡呆表情。(〈一同走
> 過〉：86)

　　縱身於時間的大流，童年、成長、老去。看著歲月拔高而後
萎頓，正是人間最無可奈何與令人恐驚之事。而世事的蒼涼，也
在此逼顯了出來：「外祖母逝世後，外祖父更似驟然間萎謝。從
背後望去，痀僂的身影正不斷向土地靠攏，相對的，彼時方彌月
的小表妹，卻已會睜著烏溜溜的大眼睛，字正腔圓的叫我表姐。」
(〈山的感覺〉：182) 從小表妹的成長與祖父的老去相互對照，
映現了時流中生命代謝的無奈。時間所造成的成長恐懼和所形成
的滄桑景況，正是童年書寫中常思考與觸及的命題。
　　因此，從人物的描述到對時間的感嘆，都揉雜成其之童年書
寫的主要特色。作者時而進入童年的境域，去敘述人物的遭遇；
時而跳出來，以生命的靈視感悟及理知，剖析人生的實景。虛實
相間，別成格調。而對童年時的人物，諸如外公、奶奶、小祖母、
村長及爺爺等人，都在回憶的敘述中還其血肉，並在鍾氏的散文
裡做了精彩的演出，由此令人讀來，印象深刻。

四、詩化的美學表現

鍾怡雯的散文在鑄詞鍊字方面，有其獨到之處。陳慧樺亦曾在《河宴》序中指出：鍾氏之文，清麗優美，寫景敘物，充滿著詩意和細膩的特色。無可否認，在許多作品中，我們可以窺見其馭文使才，駕繁為簡的書寫能力。她的文章處處充滿巧思，筆端文字靈動機警，意象新穎而貼切，句法流動而鮮活。往往可以把一些平淡無奇的事物寫活。像她寫鄉林的自然夜景：

> 高聳樹木間垂下深深的夜色，光線羸弱下去，整座山林像一部樂章，傳來幽幽的林唱。那來自層巒疊嶂的歌聲進入我的心坎，把思緒牽引到飄渺的地方。（〈人間〉：4）

無字中所內蘊的節奏感和意象的鋪陳，將整座山野的空靈給襯托出來。而這些詩化的描寫和比喻，豐盈了鍾怡雯散文中的童年書寫。一些句子如：「人間繁華的請柬處處，不如赴一場難得的野宴，聽一回水的演奏吧！」（〈河宴〉：36）或是「井水蘊釀了我醇美芬芳的童年，又研出一池好墨在我回憶的扉頁揮灑一則童話，一則不褪色，溫馨甜蜜的童話」（〈天井〉：72）以及比喻父母出門時走路的聲響：「父親是劈哩啪啦的賀歲歌，母親則是搖籃曲，舒緩而輕柔。」（〈亂葬的記憶〉：115）這些詩化了的句子，在鍾氏的作品中，構成了其散文優美的特質。

詩化的現象也表現在意境的蘊釀上，尤其在抒情造景，或借景托情這方面，顯出了鍾怡雯創作上的才具。所謂物我相冥，情景交融，正是中國文人最擅長的表現手法。在鍾氏的作品中，這

類表現手法處處可見。如〈人間〉中寫小祖母，卻以被鋸掉半邊
的鳳凰木，在綠葉落盡時仍開出如火傘的花，來比喻其所具有強
悍的生命力。或寫見到令人畏懼又神秘的靈媒，作者並不直書心
中的恐懼，而將筆調往寫景：「光線一沉，仰首，只見烏雲蔽空，
風一陣一陣地催人趕在雨落之前歸去。」（〈靈媒〉：49）至於，
在〈島嶼記事〉一文，當作者寫及知道自己吃下的蛇蛋時，心裡
的驚慌失措全化為外在景物的描寫：

> 轟隆一聲驚天動地的雷響，大雨劈哩啪啦傾盆。鋅板屋頂
> 被駭人的力量擊打。（111）

在此，鍾氏或用比喻，或用象徵以達至借物／景寫情／人的
目的。使人讀來，有「言有盡而意無窮」（《滄浪詩話・詩辨》）
之感。是以，鍾怡雯常憑據其豐富的想像力，去形構她散文中的
樂園世界，使得其筆下的童年世界充滿令人驚奇的情景。由此，
也可以窺見，鍾氏在書寫背後所具有的赤子之心。這一如王國維
在《人間詞話》中所說的：「以自然之眼觀物，以自然之舌言情」，
則筆下所表現的，無不具有自然的情態表現；因此，這也使得其
散文在遊走於虛構與寫實之間，無所隔閡。

此外，鍾氏散文的特色也表現在意象的煉造上。其散文中的
意象用得相當精準，就這方面的表現而言，於台灣新生代的散文
作者群中，無人能出其右。雖然散文裡意象的營造，不若在詩中
那麼重要，可是它卻可以統攝騰飛的想像，激濺的情感，讓意念
向不同的向度出發，而形成美的質地。在鍾怡雯的童年書寫中，
意象紛呈，常有令人驚喜之筆，如：

> 童話中的小屋正是我夢中的城堡，擁有現實所缺。我總是
> 馳騁幻想的野馬，希望有一天幻想的蹄聲來自樹林深處，
> 實現一則完美的童話；有時候期待攀滿薔薇的竹門會突然
> 湧來一群咬詞不正、七嘴八舌的小矮人。被忽視的寂寞日
> 子裡，曾渴望擁有所羅門的指環，與飛禽走獸為友；也試
> 著探索草木萌芽的消息、風和樹葉的密語、雲與水珠告別
> 的依依、溪水與時間私奔的傳奇、花苞綻放的消息。(〈人
> 間〉：5)

這段文字可謂意象繁富，然而卻生動活潑的將童年的心靈，包括天真的想望都投射出來，使散文中的文句也更形精緻和充滿詩意。在這方面，鍾怡雯的表現已可直追簡媜了[8]。然而也必須在這裡指出，由於鍾氏大部分的散文篇幅太長，動輒五、六千字，而她在某方面的描寫又過於細膩和雕琢，纖細秀美得有點像工筆畫，因此，讀來令人不免有冗贅之感。

總而言之，鍾怡雯在《河宴》中的散文，是巧於構思、嫻於運筆、寓於聯想及精於雕琢，她的文字極之精簡，亦趨向典麗。因她熟知現代詩的創作技巧，並熟讀古典詩詞的作品，這對她的散文創作具有很大的助益，也使語言飽含著豐腴的情感；而意象的營造，更加深了其散文的藝術內涵。就《河宴》這時期的作品而言，其成就，已經令人相當矚目了。

---

[8] 這是指《河宴》這段時期的作品而言（1990-1994）。鍾怡雯在《河宴》後的作品，已呈現另一種風貌。如〈漸漸死去的房間〉、〈茶樓〉、〈葉亞來〉、〈蟒林，文明的爬尋〉等，意象的表現雖已大量減少，然而文字的運轉卻更純熟，視域亦更形開闊，她在散文創作的企圖心，從這時期的散文題材拓展上可窺見一斑，比起簡媜來，毫不遜色。

結論

其實，就《河宴》中的大部份作品而言，均屬少作[9]。而貫穿於這時期作品的，是她的童年書寫。回憶中的童年樂園是她的精神王國，而那樂園附屬於她生命的原鄉──馬來半島之上。鍾氏因遠隔重洋，到台灣深造，故童年書寫可以慰藉她在異鄉的那份鄉愁。所謂夢土──即童年的鄉土，在隔離空間與時間之後，再加上回憶和文學書寫之難以避免的虛構化，遂產生了美好如烏托邦的幻象。這幻象，在《河宴》後的作品裡，已漸消失。

鍾怡雯近期的作品，雖仍延續著她早期那對生命與時間的思考與關懷[10]，但她的視角亦擴大到其他的場域去，如對歷史的審思（〈茶樓〉和〈葉亞來〉等），及寫文明與莽荒間，人與人溝通的問題（〈門〉等），散文中的思想與內涵也漸趨深沉，文字精簡準確，少作時一些詞藻上的花巧亦消匿，文章的結構也更形圓融。二十五歲後寫散文，可窺出鍾怡雯在這方面的企圖與野心。就台灣新世代的散文作者而言，以鍾氏目前在散文創作的成績與企圖上來說，可謂極之少數了。而鍾怡雯的創作力仍然處在頂峰強盛之處，因此，其在未來散文創作的成就上，還是可拭目以待的。

---

[9] 從鍾怡雯的創作時間計起，《河宴》中的全部作品，都完成於五年之內（1990 至 1994），即 25 歲前之作，故這時期所產生的作品，可稱為少作。

[10] 類此的題材可在〈漸漸死去的房間〉（第二屆中央日報文學獎第二名）及〈給時間的戰帖〉（第十九屆聯合報文學獎散文首獎）窺見一斑。

【參考書目】

鍾怡雯，《河宴》，台北：三民，1995。

黃武雄，《童年的解放》，台北：人本教育，1994。

波茲曼（Postman，Neil）、蕭昭君譯，《童年的消失》，台北：遠流，1994。

弗洛依德（Sigmaund Freud），葉頌壽譯《精神分析引論‧新論》，台北：志文，1991。

容格（Carl Jung），〈兒童原型心理學〉，收入於鄧迪斯編，朝戈金、伊衣、金譯、蒙梓議，《西方神話論集》，上海：上海文藝，1994。

詩的另類散步法

——論陳大為散文〈木部十二劃〉的書寫策略

　　陳大為是近年來旅台作家中最矚目的一位,他在詩歌創作上所交出的成績,可謂相當亮眼和令人驚豔。不論從意象/符碼的塑造,語言的靈巧舖築與創思的迂迴跌宕,無不呈現著他做為一名詩人所特有的才具。而以如此之「詩才」,橫空跨向散文的場域,無疑構成了某種文體互涉的異質書寫,亦使得其散文創作翻轉而上,突穿詩靈,重組策略,並旋入生命情境中另一套更教人玩味的遊戲位置,且以伸縮自如的文字,探向散文書寫的另一種可能。

　　因此,詩人誤入散文的歧途,卻往往能從傳統/固有的創作思維上躍身歧出,開創和建構了自己獨有的內在書寫系統,並鮮明地標誌著自我的風格與創作姿態,這是傳統散文書寫者所無法企及的。而此類書寫,其內在系統具有往外開放的傾向,無論是抒情或敘事,常會以密集的意象語言,神入敘述的內質,使得其散文創作在隱喻(metaphor)和轉喻(metonymy)的層架上,輻射出更為豐腴的內涵。所以詩人用左手寫出的散文,無疑是比一般人重視創造的法度,對設置於語言背後的蘊義,也自有其迴環的梳理技巧。是以,從這方面窺探陳大為的散文創作,不難發現,

他善於在書寫的軌跡裏埋伏詩質,以更幽渺的聲音召喚自我的生命歷程,並在符號的排列中,架構了散文的另一種腔調。可是從另一方面而言,他實際上也在散文書寫間構設了遊戲場,招引著讀者、論者與他一起參與遊戲活動,從而在遊戲中去完成彼此的表現內涵和意義。這如意大利符號學家艾可(Umberto Eco)所說的,文學的有趣是在於它提供了一個「場」,可以讓讀者在文本上與作者展開對話,並在某種合理的範疇中提出自己的見解或詮釋。

是以在此,本文擬以〈木部十二劃〉為例,對陳大為在散文中所設置的一些書寫策略,進行比較細部的探討,從而由此一文本中尋繹出其在書寫策略下所形構的獨特內蘊與特色來。

誠如羅蘭・巴特(Roland Barthes)在《符號學原理》中提到的,做為一套符號體系,它含括著能指(signifiant)與所指(signifie)之間的聯結,以及它與符號(sign)的整體關係。因此能指、所指與符號,以及由其所衍義的功能暗示,均有層化性的組成意義。是以,巴特引用了索緒爾的語言學言說符號系統中所呈現的兩個平面向,即其一是由符號群形成的橫組合面,另其一則是聯繫著潛在於記憶中的「元語言」(meta-langage),兩者相互交錯,而推展出其間內在的涵義系統。故在所指的建立與意義的完備後,論述(discourse)或話語/訊息的傳遞,則將展現了「一種知識、一個過去、記憶及事實、理念、決定的相對秩序」(巴特,1998:177);相反的,則意義將被掏空,而變成形式,或空洞的能指。因此,從這方向倒轉過頭來,回歸到陳大為的散文文本,我們會發覺,他其實也是不斷在運用著一些特有的符號,去形構〈木部十二劃〉中的情境和「神話」世界。文本中詩

的意象與氛圍固然不時籠罩著讀者的眼睛，但符號的凸顯位置卻更早地跳出來爭著說話，不斷地想告訴你，作者寫此一散文是有其目的和策略性的。

所以翻開文本，你就會讀到陳大為在散文的開頭機巧地寫下了：

「這個字，老喜歡跟著童年糾葛在一起。」

很簡潔地推出了隱藏在「這個字」背後的一個主題儀式，是以，「這個字」本身尚未被揭顯出來，可是扣緊著「這個字」的另一個論述點──「童年」，卻昭然已揭。而這個意示著「童年」的生命原鄉，其實是為了構設一個情境的展開，而加以佈置的。因此，不管你願不願意，它都會不斷招引著你順著語意讀下去，以期去揭開這個符號的外皮：

「木部，十二劃；這個『樹』字是我最討厭的生字。」

「樹」，終於跳了出來。來自原鄉，穿過泥土的根，撐起了與童年糾纏不清的記憶，從筆端與墨水湧出，化為空洞的能指，漂浮在格紙之上──一個只有形式卻不具靈魂的「生字」。於是巴特就從《神話學》探出頭來說：「沒有人能迫使聽覺上樹的意象『自然地』就代表樹這個概念：符號在此尚未受到激發。因為字的聯想關係，使這種隨性有所限制。」（巴特，1998：185）所以，「樹」在此仍然還未蘊釀出豐富的內容。但作者卻不甘寂寞，把「樹」砍成了「村」。「木」旁邊那用手栽種的挺直豆柄被挖掘掉了，於是，符號的轉換呈現著轉喻的姿態；故其系統內部，雖形構了迥異的意涵，惟在「木」字旁的聯繫性中，二字之間仍存有一種緊密的辨證關係。陳大為即以此做為佈局，並將這份書寫

逐漸推演出去,而衍展了生養／圍聚童年的「村」之面貌。所以,順理成章的,延著「樹」的筆劃而攀進「村」中的童年回憶,去述說村裡一些樹之種種。由此可以窺見,「村」在此純然成為一個引介,讓本來是空洞能指的「樹」,位移、推進、並充滿意義和形像化起來,且成為一個具有意陳作用(signification)的符號。在這方面,作者的意圖無疑相當的明顯:

> 我討厭「樹」,是因為我喜歡樹。

在這裡,前者之「樹」是抄寫在格紙上,而後者之樹則是種於村中的故土,兩者之間無類比性,卻虛實交錯,而呈現了符號中繁複的構成面向。因此,「在作文和散文裡出現了好幾百次」的「樹」,延入到童年常常躲在樹蔭下,閒聽風聲鳥語的樹,是作者表現著一種側身跨入的姿態,在聯想之中,樹影飄浮,符號的遊移也指涉向一個更寬廣的世界。童年中有關於樹之生命旅程也由此而展開。

然後,陳大為開始用榕樹的根鬚去丈量自己的童年回憶,並由此輻射開去,敘說了村中的人情物事。所以樹的符號浮遊,在作者的記憶中聯繫起來,並往外延伸而變得具體化、形象化。如:

> 別忘記,這是九棵巨大榕樹拼湊起來的,超大號的蔭涼。其間雖有陽光礙眼的小縫隙,但不礙事。色澤昏暗的影子是一張幸福的地圖,幾乎全村的閒人、土狗和賤鳥都會到此避暑兼聊天,於是樹下匯聚了不同物種的語言。

由此窺知,它所涉及的指示義也不斷擴大。因此,在回憶裏,它不再只是一個字,而是一個姿勢、一個意義、甚至是整座村和土地的聯結關係。故作者寫道:「榕樹林是村民的記憶網絡。」

這樣的記憶聯結面涵蓋了全部，如地層樹根之盤結，悄悄把整座村都包圍起來，於是，樹的符號在此也就幻化成了一段歷史。所以經過回憶與言說，樹不再只是樹，它在自我的指涉中，適性地釋放出文學的想像、耽溺和意象的衍義，並由「村」→童年事物→村民情貌，及至歷史歲月的種種，完整地構劃成了一個神話圖像。

在這樣的策略運作上，陳大為無疑是相當純熟的。樹的衍義在回憶中，確實具有其神話性與虛構的部分，是以，不論是外婆口中所述說的十一棵榕樹，「數十年來先後被雷劈掉長相猙獰的兩棵妖樹。」還是在午後的樹蔭下，頑童、長舌婦及老骨頭圍聚在一起時，所產生的「匙也掏掏，舌也滔滔」那吃飯與聊天的村中情景，樹的符號在時空飄浮裏，呈現了一份已然經過加工，並適於言說的素材，換言之，它與現實是具有很大的差異性，惟因此一差異，才致使它不斷地示意、或將訊息陳述下去，像說書人，將虛構與現實揉合，而衍義出不盡的故事。如作者在文中藉由眾榕樹紛紛陳述村中人情物事，並在其間總結「樹」這符號的功能性暗示：

> 榕樹的年輪是一部人類讀不懂的話本，即使成為紙漿，還繼續聆聽書寫者的心聲，或傳遞發言者的訊息。說書，是它不想告人的宿命。

因此，在某個程度上，不論是榕樹或榕樹林，都在表達著一個訊息，也在傳播著土地與童年的故事。這種以回憶的方式呈現，在某部份虛構之外，實際上亦是帶著一份歷史的言談，所以樹的符號穿過書寫，「傳遞著發言者的訊息」，正意示著符號所承

載的涵蘊，在書寫想像的過渡間，延展為更廣闊的意義世界。它一方面在掏空現實，一方面卻不盡止地湧出話語，為其神話的世界組構了一個幽微的存在模式。所以在書寫的策略上，我們可以看到，陳大為不斷將樹的符號引向童年的回憶，這類復歸於生命根鬚的回溯之旅，正徵示著生命向土地貼近的一種趨勢，在此，樹、童年、村、歷史歲月，通過底層結構，與存在聯繫成了一個象徵，幽隱地吐露了作者對美好的追尋、對往昔的懷想，以及對土地的依戀。它穿入了時間之流，以一種超越的姿勢，凌空跨渡童年歲月和村中故事，並在符號與符號的碰撞中，「盪出歷史性的弧度」來。

所以，當樹的符號穿梭於歷史之中，進入不同的生命經驗裡，則其意義的演示也有所差異。因此，從個人童年所聽與所體驗的榕樹，衍繹到童伴胖子作文中對樹的敘述，其手法可謂虛實交間，相互掩映，故樹的符號意（signified）也由此隨著情境的置換而形成飄浮不定狀態，並產生了不同的指涉意義。但陳大為並沒有在這樣的一個書寫脈絡下停止，他仍持續擴展著樹的意義視野，將樹的符號拔出自己的生命經驗外，進而將它划向歷史的場域，以呈現出樹與世代傳遞之間的關係來：

> 除了胖子的散文，我多次在鄰居的作文裡讀到榕樹林；從國小到高中，我陸續讀到一代代的孩子王，在統治、在發展一篇篇榕樹林的傳奇故事。相同的榕樹，不同的演出；從午後的頑皮遊戲、傍晚的長舌聚落、到子夜的靈異傳說。榕樹睜開懶洋洋的眼睛，又軟軟閉起。是的，千百種故事在樹蔭下演出，卻怎麼也跳不出這張涼爽的地圖。

是以，做為一種傳播系統，或訊息的演繹，樹的符號意義不斷在時間裏，演示著種種不同的故事，只是，不管「千百種故事在樹蔭下演出，卻怎麼也跳不出這張涼爽的地圖。」換言之，一切的童年言說和論述，實際上都是從樹這一符號開始。

作者在此加深了「樹」做為書寫的核心後，並由此反撥開去，以辯證的方式，強調「樹」比其他符號更能貼入生命的深處。不論是水部五劃的「河」；或山部五劃的「岩」，還是零劃的「田」部，筆劃雖少並容易記寫，惟河濁無魚，水勢急湍；岩峭無蔭，難生情趣；至於阡陌交錯的田地，亦單調之極。在此，作者智巧地運用中國文字獨有的象形符號，對「河」、「岩」、「田」三字的部首「氵」、「屾」、「田」進行形象化的聯想和言說，以此凸顯以「木」部構成的「樹」之豐沛意涵。這樣緊扣著樹的符號而深化書寫的敘述策略，層層逼進了樹的意義核心，而輻射著對生命原鄉、土地感情、以及個人歷史的存在回顧。所以在樹根探向回憶后土底部最深層的地方，我們隱約可以聽到作者的潛在意念和詩思維，化做了潺潺不息的水聲，在現實與虛構的縱橫度上，穿過符號的水門，而發出迷人的音訊：

> 那些筆劃太少的山水，確實無法架構起童年既豐饒又雜亂的記憶。唯有木部十二劃的「樹」，才能讓我從容地攤開、晾起微濕的歲月。

從部首的脈絡裏，我們大略已看到了作者在書寫策略上的位置，童年的回憶是應對著「樹」的符號而產生，而「樹」的符號又衍義了童年之種種，以及其周邊的情事，由此貫穿了記憶裏那

充滿人情世態的「村」之意象，進而聯結土地歷史，召喚一則神話的想像。所以在篇末，陳大為意有所指地寫道：

> 我喜歡樹，因為它可以簡寫成內涵豐富的村。

顯然的，它們在意義系統內的位置早已被決定了。然而在另一方面，這樣的一個聯結，也是作者早已埋伏好了的意圖，並為其書寫定下了一個明顯的座標。

這樣的書寫策略，在陳大為的另一篇散文〈從鬼〉，又再操練了一次。作者以鬼部之形聲，一一逼顯出童年記憶裏對鬼之畏懼，然後再以說文解字的方式，對鬼部一些符碼進行詮釋，故形聲所到，追憶相隨，由此交揉釋述，而演繹出豐腴的散文內質。但無論如何，〈木部十二劃〉在意涵上，無疑還是比〈從鬼〉稍佳，尤其在指涉層面上，亦比後者較廣。惟必須注意的是，這樣的書寫策略，若無所意指，往往會陷入一場文字遊戲之中，而成了徒有技巧，卻缺乏生命內容之作了。

總而言之，陳大為的散文，往往附麗於詩之專才，鑄煉文字、排列意象，並在巧思的運轉中，呈現了他特有的語言敘述風格。如在童年回憶中，他偶爾會以「假音」——童聲，去鋪敘事故，這比一般大人的口吻更能注解童年的意趣，傳神地鉤勒出童年存有的面貌來。最重要的是，他相當善於構劃散文的鷹架，使其書寫的軌跡鋼骨銜接，意念首尾相應，故整篇讀來，渾然一體。在這方面，〈木部十二劃〉無疑是最成功的示範了。

【參考書目】

陳大為《流動的身世》台北：九歌，1999。

羅蘭。巴特著，許綺玲譯《神話學》台北：桂冠，1998。

羅蘭。巴特著，李幼蒸譯《寫作的零度》台北：桂冠，1998

歷史曠野上的星光

——論陳大為的詩

一

　　陳大為自一九九四年六月出版第一本詩集《治洪前書》後，其詩風的走向與詩旨的探索，一直是令我甚感興趣的事。畢竟，對此原創慾頗強並具有創作企圖心的詩作者而言，《治洪前書》中的許多作品或許只是他的試煉。然而在試煉中，卻不難窺見其詩所折射出來的光芒。無論是意象的淬礪、語言的掌握、節奏的調度、詩旨的佈置，及至結構的營架，已交疊成為其詩的美學基礎。而他這段時期的詩作，最為可貴的是保持了試驗的精神與原創的特質，且在歷史意識和知識體悟的貫注中，形塑一種粗獷奇幻的風格。如〈髑髏物語〉、〈尸毗王〉、〈治洪前書〉、〈堯典〉、〈明鬼始末〉、〈這是戰國〉及〈招魂〉等，很能代表他這一階段的創作特色。他不斷將思維探入先秦史略的腹壁之上，遊行於歷史人物的心靈之中，進而對歷史事件展開一系列的敘述和辯證；再加上詩中飽漲著靈動的意象所渲染出來的神秘氛圍，無形中拓殖了歷史的縱深感和提昇了詩的純粹度，這裡，舉其〈明鬼始末〉中第一節即可見其端倪：

> 霧裡神祇寥落，深山住著很巫
> 傳說；佛還沒聽過東土，蟬未
> 學會棒喝。夫子長燈亮不到這
> 陰墟，慾望可從容歐出原型。
> 想即使見龍在田，田夫與農婦
> 仍穿不進哲學皮靴……無法用劍
> ，更休想落款；墨翟只好提煉
> 他們骨子裡寄生的妖孽。

（陳大為，1994：51）

　　陳大為的想像力，在原始玄思上做高難度的飛躍，用驚人的意象焠煉驚人的詩句，密集式的舖展開來，成就了他個人獨特的詩風與特殊的感性史觀。另一方面，他亦結合神話與傳說的特質，在詩中傳遞出一分奇詭的氣氛。就從這兩方面審視，陳大為無疑比一些前行代詩人更特出。其詩在傳達古典神話或歷史事件時，並不甘降格為傳統資料的堆積和演繹，而是立足於現實時代的精神上，進入神話或史中，參與辯證。如〈招魂〉中的屈原：

> 「反正，他很快又會投江」乾脆
> 省下陳膩的、道家的勸辭。……　　（同上：36）

> 「我不必投江嗎？」「嗯。
> 雖然詩篇們都忍不住有這幕
> 安排，讀者們都在等待…」　　（同上：40）

　　或〈治洪前書〉中「我問鯀」的那一節：

> 「沒有埋沒感？」提高聲量：「相對於
>
> 無限膨脹，禹收穫的贊美」「我很清楚
>
> ——自己的座標」「不需要補鑄銅像？」
>
> 「拯救本身，豈非更崇高……」　（同上：44）

　　拈此二例窺之，不難發現，陳大為的詩，在處理神話的素材上，除了注意到美感意識的醞釀外，他亦常將個人的精神與理想挹注詩中，使歷史或神話在詩裡，鍊結出嶄新的意涵，而這分精神表現，在陳大為的詩中，俯拾皆是。這也顯示出陳大為作為一個才氣橫流的詩人，所獨具的敏銳度和自覺性。而他這分敏銳與自覺，不斷推動著他去超越詩的高度，發揮詩內在的藝術潛力，展現一種創造的可能。

　　其實《治洪前書》中的大部分作品，最為可觀與令人激賞的是其形式的設計策略，如：詩行的整齊、結構的均勻、語言的運作和音節的流亮等等，都緊緊扣住了詩的題旨。因此，從〈招魂〉、〈治洪前書〉、〈堯典〉、〈明鬼始末〉、〈這是戰國〉、〈美猴王〉、〈蘭陵王〉、〈太極圖說〉、〈摩訶薩埵〉這些詩裡，我們可以從中窺見陳大為作為一個詩人的企圖和野心。他捨棄了一般凡庸的技巧表現，掃除語言的慣性，以精煉獨特的語彙和飽滿鮮活的意象，去開創他詩中題旨的格局，並通過各種佈置，包括對話與獨白，組構出音色跌宕，氣勢磅礴的交響詩。如〈堯典〉中分為七節：「黃土亂象」→「陶唐線裝」→「大篆封面」→「墨守危城」→「狂草顛覆」→「脫頁沉思」→「楷書再版」，詩中的時序遞層，由原始蒙昧進入文明的秩序，通過敘述文字的產生與演化，在想像中不斷營造恢宏的場景，層層逼入每一詩節之中，貫穿連鎖，體脈相率的呈現出詩完整的結構來。因此，在形式技巧的操作上，

陳大為的自我焠煉，已經可以說是達到了相當純熟的階段。這對
《治洪前書》以後所創作出來的詩，形成了一種模型式的延續。
然而縱觀陳大為這時期的詩作，可以發現他雖然塑造了一種獨特
的表現形式，但形式所衍生的自我規律，無形中卻拘限了題材的
拓殖和擴張，這如吳昌碩不能以寫老梅干那種鼓字筆法，去畫仕
女的衣紋與頭髮那般。陳大為的詩，也只能服膺於自己的形式設
計之框，在神話和史料的素材中去舖張高妙的想像，以個人的氣
格和卓越的才具，翻新神話，重組歷史。而比較難於在自己所設
定的形式規律裡，逼顯出現實生活的場景和感悟，或呈現生命內
在而真實的悲喜。套一句黃錦樹〈論陳大為治洪書〉中的話：「泰
半為書卷之餘，產生於閱讀而非生活生命本身。」（《南洋文藝》，
1996-07-05, 10, 12）但也必須在這裡指出，形式規律的自我形塑，
往往都會反映在詩的本質上。而陳大為這時期的詩，追求的是詩
的純粹性，他所砥礪和戞戞獨造的，非現實的反映或社會的蜃
影，而是詩之於為詩的藝術營造。他此時所試煉的語言文字，目
的也是為了探索一套敘事或敘史的風格，一種屬於自己的詩的
聲音！

　　至於要掌握《治洪前書》中的一些詩，如：〈風雲〉、〈尸毗
王〉、〈招魂〉、〈治洪前書〉、〈堯典〉與〈明鬼始末〉等，首先必
須要進入它的知識系統，然後再延入其語境，以透視詩意象背後
的意旨。但如前所提到的，陳大為的這些詩，意象密度高，形成
了一種符碼，因此往往使讀者對詩產生了一分理解上的障礙。如
〈堯典〉中的「文字很獸意象太禽」（陳大為，1994：46）、「剛
孵化的鱷扭動著狂草的身段，亂牙吐著驚蟄的新雷」（同上：48）、
「風蝕的肋骨，似禿鷹蹲滿因果之音符」（同上：49）。〈這是戰

國〉中的「黎明有點干將，晌午日徹底魚腸」（同上：54）、「鳳眼酒了曲阜，蛇腰肉了城樓」（同上：57）；以及〈太極圖說〉裡的「氫在語言裡燃燒，每個行動都是太陽」（同上：73）、「你耳垂下墜漸漸菩薩」（同上：73）等，縮結想像而飽蘊著其之意涵的美感，然而因為符徵的疊套，以致讀來有點晦澀。

　　或許陳大為也自覺到這一點，在他《治洪前書》後的一些作品，漸漸解除自己詩中某些獨特的符碼，而走出一條明朗精微的詩路。但可以肯定的是，《治洪前書》中的許多作品，已打開詩的某個特定視野，展現了另一種有別於羅智成等人結合傳說與神話所書寫出來的「史觀詩」。而不斷往詩的形式，包括語言、意象、音節、意旨之中探索，以形塑詩之美學特質，並呈現了自己的詩風。林泠在時報文學獎新詩評審意見中，針對〈治洪前書〉指出：「它提供了一個嶄新姿態的可能，也極其可觀地達成它對新的視角的追尋。」（楊澤編，1992：219-220）這句話若移用以品評陳大為在《治洪前書》中的其餘作品，也是可以成立的。這顯見陳大為做為一個詩人所具有的企圖，即：「遠離當代大師們的餘蔭而另闢險徑」（同上：220）。在這方面，他的確表現得相當成功。

二

　　在《治洪前書》之後，即一九九四至一九九五年之間，陳大為所發表的作品，大約可歸為兩類：其一是仍以史料做為詩的素材，並在詩中展現理性的邏輯辯護，或以解構的手法為史中人物翻案。如〈曹操〉、〈屈程氏〉及〈再鴻門〉等。其二則是將詩筆

探向生命內在的感性，挖掘記憶裡的經驗，而折射為現實場域中一分對鄉土的思索與關照。此類的作品有：〈海圖〉、〈河渠書〉與〈世界和我〉。這兩類不同質材的作品，雖然仍不離陳大為慣有的敘事手法，以及驅遣龐沛的想像營構詩中的情節與；但在意象、意境、詩行的節奏，甚至思想的向度方面，都較之《治洪前書》中許多作品更為成熟和流轉圓美。這些作品無疑呈顯了陳大為策足於現代詩創作上的另一層躍進，也展示了他在構造長詩這方面所獨具的才情。

以史入詩，是陳大為最擅長的創作表現。他摒棄了一般平舖直述或交待歷史的書寫方式，而是對史事進行顛覆，或對史中人物進行辯證和翻案，以逆向思維揭示自己獨特的見解，這才是其詩最大的優點。至於以詩寫史，陳大為無疑符合了李克特（Heinrich Rickets）認為歷史知識是個人主觀的建構，或柯林烏（Robin G. Collingwood）所認為的：「應以新的視角去體驗歷史人物的思想」（柯林烏著，陳明福譯，1994：291）之理念。歷史不是一張平面圖，在藝術的世界裡，史中人物可以重新融鑄成為立體的超越；歷史事件也可以現代的視角去做多方的審思。如在〈曹操〉一詩中，陳大為企圖通過歷史、文學、說書與舞台上曹操的形象做多方的辯證，以期由此為羅貫中筆下所扭曲的一代梟雄翻案。詩中的時空盡在他的掌中翻轉，虛實互換。而且意象鮮活，音節浣亮，結構圓融，若與《治洪前書》中的一些詩作對照，明顯的是少了一分雕琢與匠氣。在此試引〈曹操〉「3：說書的秘方」第二段佐證：

> 像麵團，三國志在掌裡重新搓揉
> 拇指虛構故事，尾指捏造史實

> 代曹操幹幾件壞事講幾句髒話
> 讓聽眾咬牙，恨不得咬掉他心肝
> 再點亮孔明似燈發光，供大家激昂
> 啜一口茶，史料搓一搓
> 瞄準群眾口胃，掰完一回賺一回
>
> （陳大為，1997：49）

　　詩中的語言雖然趨向口語化，然而卻是精簡洗煉且不損詩質的純粹。尤其他善於靈活運用語言，使其詩充滿著生氣活潑和表現出一分機智的特色。如「拇指虛構故事，尾指捏造史實」（同上：46）或「『歷史必須簡潔』／（是的，歷史必須剪接）」（同上）等，造成詩中一種詼諧卻內蓄諷刺的效果。其實，在陳大為的詩中，對這類語言的經營，早在〈西來〉一詩已臻極成功的試驗。這種語言設計，在效果上，頗似漫畫的線條，使詩產生一分活潑的生氣。唯在以詩構史這一表現上，陳大為的目的並不在此，而是對歷史人物或史事不斷進行自我的辯證，像〈曹操〉詩中描繪曹操面對野史的嘲弄卻不屑一辯的鮮明性格，或〈屈程式〉裡作者對屈原認知的過程，與〈再鴻門〉中對鴻門宴這一情節的解構，以及企圖以書寫去描繪書寫的策略，頗為類同，如：

> 但我只有六十行狹長的版圖
> 住不下大人物，演不出大衝突
> 我的鴻門是一匹受困的獸
> 在籠裡把龐大濃縮，往暗處點火
> 不必有霸王和漢王的夜宴
> 不去捏造對白，不去描繪舞劍

> 我要在你的意料之外書寫
>
> 寫你的閱讀，司馬遷的意圖
>
> 寫我對再鴻門的異議與策略
>
> 同時襯上一層薄薄的音樂……　　（同上，36）

　　從〈曹操〉到〈再鴻門〉，皆表現出創意十足的詩想。這三首詩，不斷參雜著作者對史事的辯證，因此，我們可以在詩中常讀到作者穿插其間的身影和聲音。像〈再鴻門〉的第一節「1・閱讀：在鴻門」中有：「你不自覺走進司馬遷的設定：／成為范增的心情，替他處心替他積慮」（同上，33）延伸入第二節「2・記史：再鴻門」中書寫司馬遷對歷史的虛構與詮釋，由此揭露陳大為以詩構史的操作方式和意圖：「『歷史也是一則手寫的故事、／一串舊文字，任我詮釋任我組織』」（同上，34）。這兩節，作者雖然以敘事者（或說書人）的角色在詩中進行敘事，可是在敘事中由於插入作者的議論，甚至作者亦現身參與歷史情節的發展，擾動了敘史的真實，而這種後設的書寫及至第三節「3・構詩：不再鴻門」，則暴露無餘。也揭現了陳大為「寫我對再鴻門的異議與策略」（同上，36）的企圖。這種遊移於「虛構」和「現實」的表現手法，在〈曹操〉與〈屈程式〉中可隨處撿視得到。從後設的書寫策略審視，陳大為無疑服膺了所有的文本，包括歷史的書寫均是由虛構而成，這也形成了其之以詩構史的獨特理念。

　　然而，在他創作的另一條主線，陳大為卻摒棄史書中的知識材料，而以感性的詩筆，直探生命的真實，指涉出詩創作的多種可能。在這類詩中，他常會以童年做為書寫對象，童年歲月中的經驗，更是他掘之不盡的創作題材。此外，值得注意的是，陳大為的這些詩，揭露了他開始貼向鄉土的心向，而且在詩中也隱然

表現著樂園失落的強烈心緒。像〈油燈不暗〉中「我的故事不是從神燈開始的／是從油燈」（同上：105）到「『我的世界並非從油燈開始的／是電燈。』孩子得意地插嘴」（同上：106），寫出了一個時代遞換的現實與無奈。這分童年鄉土世界失落的情懷，在〈老屋問候〉與〈童年村口〉的詩裡一再重複。作者不斷通往記憶，回到童年的家園，去探索與尋找生命的原鄉，只是在現實中，一切的人事景物都已轉換，唯一能做的，也只是「寫下濕漉的記憶我靜靜離開／帶著一群想遠行的草菇／離開奶奶生前最愛的膠林老屋」（〈老屋問候〉，同上：114）。因此，離開或遠行，以及藉由記憶的回歸，遂成了他這一類田園詩的主題。

陳大為在這些短詩中形塑了相當多的美好意象，如：「我家住址是一凼隱居的人煙」（〈油燈不暗〉，同上：105）、「籐椅一拐一拐地偎過來／老屋忍不住問候起奶奶……（〈老屋問候〉，同上：114）及「許多老木屐蹬出來的綠色草香」（〈童年村口〉，同上：116）等。藉著這些美好意象的發酵，還原了其對童年鄉土的依戀。唯個人覺得，陳大為以敘述的語調謀篇，造成這些短詩在行氣與節奏上沉穩舒緩，而缺失了短詩之於為短詩所應有的意境，或蘊蓄著意象為爆發力的明快特色。倒是其三首長詩：〈世界和我〉、〈河渠書〉及〈海圖〉寫得相當出色。畢竟，長詩空闊的版圖，才是陳大為聘馳的疆場。

其實，〈世界和我〉與〈河渠書〉的組構仍然是建基在田園的模式中。唯在結構和情節的安排上，更形周延與完整，它所具有清晰的敘事理路與明朗的語言，圓熟飽滿的為他的詩塑造了新的風格。就〈世界和我〉而言，它主要是寫「我」這主體對「世界」這客體的靈視與觀照。從兒童的視角寫起，以童言童語表述

了對成長世界的熱望，然而當童年的田園世界失落後，「我抵達
這具叫社會的胃臟／它先消化掉我策劃多年的烏托邦／再告知
我作為一尾生魚必須把握時機／為了房子的坪數孩子的磅數／
必須一片片刨掉自己的記得要用力」（同上：69）具體且深刻的
描繪出活在城市世界中的成年狀態。現實中殘酷的磨難，使「我」
無時無刻希望回到童年的樂園，這分憧憬和夢望，卻只能在老年
時通過記憶來完成：

> 昨晚，早走的老伴來探我
>
> 我躺在醫院的床上
>
> 雨很大雨淒美著咱們的對話
>
> 兩支牧笛在聽覺裡萌芽
>
> 把我吹回生命的丹田竹馬的歲月
>
> 世界還是兩個生字熱騰騰的包子……　　（同上：72）

　　全詩指涉出生命在自我追求中的空幻與虛無。一、二、三節
交互連鎖，呈現了一首結構相當嚴謹的佳構。〈河渠書〉卻寫出
農家子弟的宿命：「土地是男人的靈魂男人的肉體／爺爺這麼告
訴阿爸這麼告訴我／阿爸只好貓著腰去服待一輩子野草／我知
道我將繼承這畫面並擔任主角。」（同上：63）或是「我們都是
注定耕田的水牛」（同上：66）。而這種宿命在〈海圖〉一詩中亦
同樣出現：「悲慟的海葬怎也葬不掉悲慟本身／而你卻把世襲的
宿命逐字重謄……」（同上：56）這些詩均是探索生命與鄉土的
深層關係，詩的每一環節，也在有機延伸與發展中拓殖詩的深度
內涵。陳大為在這一系列的詩裡，或以想像與回憶，或以個人具
體的生活經驗，去關懷生命本身的真實和虛幻，並對人生做一反

思與觀照。至於他的立足點卻是他生命的原點，即童年的鄉土和家園。因此，個人認為，這一類詩在陳大為的創作裡，可歸名為「鄉土詩」。雖然這個「鄉土」，經過詩人的想像粉刷後，帶著一點虛構和烏托邦的色彩，但在抽離具體的時空後，這類鄉土，自有它隱喻的世界，並在詩中，形成多方的指涉。此外，也可從這些詩的創作中，窺探出陳大為正一步步跨向以結合歷史和鄉土為創作的新場域。這亦揭示著他對自我生命的另一種關懷。

三

　　自一九九五年十二月至一九九六年七月間，陳大為創作了三首相當重要的作品，即〈會館〉、〈茶樓〉與〈甲必丹〉[1]。這三首詩之所以重要，是因為它不再盡全沉溺於歷史知識的拆解，或完全產生自閱讀本身。就創作的意義而言，它不再掛空於史料的處理上或獨抒個人小我的情懷，而是延伸入族人集體的潛意識裡，以詩去書寫馬來半島上華裔民族歷史文化的生命情景，詩中所審思的，直逼現實的課題。這正是此類創作的價值所在。

　　在這三首詩中，〈會館〉無疑是壓底卷。它主要是通過曾祖父，父親與我去見證會館的興盛與沒落史，從中反映出一個時代滾滾煙塵而去的蒼茫。「會館」這一符徵，投射出一個極其龐大的南洋華僑歷史處境，鑑照了華僑在南洋落地生根的過程，及其

[1]　陳大為的〈會館〉曾獲八十四年度教育部文藝創作獎（現代詩組）第一名。而〈茶樓〉與〈甲必丹〉則先後入選聯合報（第十八屆）與中國時報（第十九屆）文學獎的決審中。故可從這方面窺出他這時階的創作表現與成績。唯個人認為，由於歷史背景的因素，使〈茶樓〉與〈甲必丹〉終究要在評審中吃上一點虧，這也是無可奈何的事。

下一代在時代遞更與社會轉型後所必須面對的困局。原詩共分三節，遞層刻劃出在時代遷移上會館所扮演的三種歷史角色。第一節是以曾祖父向父親口述「豬仔」[2]南來的心理演化與會館的形成史。從「汗衫鼓成頻頻回首的帆／但季風斧斧，從東北劈來／把眺望的虛線統統劈斷！」（同上：21），到「汗水暗暗構想一座熱帶的唐山」（同上）和「他和他們平靜地坐下／坐成幫派，坐成會館」（同上：22），會館在這一時期帶著幫派的色彩。可是到了第二節，通過父親童年經驗的認知，會館幫派的色彩已淡化，它只成了綰繫族群習俗與情誼的中心。上一代所沉浸在「廣西位『南』，黃河居『北』／手裡的十三張，張張思鄉」（同上：23-24）的情緒，與「父親把會館幻想成無比宏偉的燒豬」（同上：23）形成強烈的對比，映照著鄉愁或桑梓的觀念已在父親那一代淡釋。轉入第三節，以作者本身陳述對會館的感觀，上一代都已作古，他們的「每張遺照都像極了霍元甲」（同上：24），而且還會「越來越多枴杖，越多霍元甲」（同上），甚至「連麻將也萎縮成一盒遇潮的餅」（同上：25）。會館的老去，正表徵著它在族群中的社會功用與價值已告消解，一個時代已經過去。然而作者卻不甘在此劃上句號，在全詩最後的兩行，他巧妙的點下：「南洋已淪為兩個十五級仿宋鉛字／會館瘦成三行蟹行的馬來文地址……」（同上：26）喻指這一代在南洋的血緣與地緣性已漸趨淡化，而且正面臨著當地政策同化的隱憂。讀來令人覺得娓娓之

2　「豬仔」這名詞，主要是指那些被契約所招募及束縛的勞工，它也包括被一些買辦拐騙或綁架，並被賣到南洋當苦工者。至於，與在契約外，主動南移到南洋討生活或依親的「新客」，是有其實質的差別。故不可同一而論。

音不絕。〈會館〉所呈現的史觀宏闊，以人事的變化為經，以時空的遞嬗為緯，展現了一頁南洋華人史的蒼茫和荒涼。

此詩結構圓融，情節與意象交融運轉，舒放自如，並能扣緊主題，完成詩中的中心意旨。就語言的鑄造上，更是常能翻陳出新，如：「季風斧斧，從東北劈／把眺望的虛線統統劈斷」（同上：21）、「榴槤的魅力蠟染了黑白的南洋」（同上：21）、「籍貫如磚，築起各自的高牆與磁場」（同上：22）、「草草沖涼虎虎吞飯」（同上：24）等，寫來鮮活生動，由此可以窺見陳大為驅遣文字和鑄融語言的能力了。

而陳大為的另一首詩〈茶樓〉，無疑是〈會館〉的翻版，即通過茶樓的變遷去審思馬來半島上華裔文化的處境。從十九世紀受大英帝國的殖民，到獨立後二十世紀末受到強勢西方文化的殖民，逼顯出海外（馬來西亞）華人文化的尷尬處境。尤其在第二節「2：舊粵曲」，直接剝顯了這種現象：

> 耐心坐下去，坐到易開瓶的一九八八
> 茶冷的速度裡有五百 CC 的可樂冒起
> 肯德基與麥當勞是瓜分食慾的暴龍
> 沒有誰再關心粵曲，只知道十大歌星
> 只呼吸經歐美殖民的空氣」　　（同上：17）

由此而反襯出其第三節「3：樓消瘦」的淒涼與冷寂的景況：

> 茶樓消瘦，十足一座草蝕的龍墳
> 白蟻餓餓地行軍，飛蠅低空盤踞
> 穿過一樓感同穿過廢棄的宇宙
> 又像胃臟殭死仍有太多壯烈的酸痕！　　（同上：18）

　　氛圍的低沉與慘澹，正表徵著華裔文化在馬來城邦的情景。唯因有〈會館〉珠玉在前，又由於陳大為在創作〈茶樓〉時受到行數的限制（此詩是為參加聯合報文學獎而作，故受限於六十行之內的規定），而他創作的意圖又太大，企求做多面的涉及：歷史、教育、文化等，為了統攝於這六十行之中，因此敘述的節奏與時空的演進必須加速，以致一些敘述點枝蔓而不夠集中，這現象在第二節「2：舊粵曲」中最為明顯。此外，〈茶樓〉的一些句子也有點拗口，如：「她縱觀辮子們以雁翼清脆骨折的愁眉」（同上：15）、「急著結痂被閹割的神州」（同上：15）等，使得〈茶樓〉與〈會館〉比較，是稍為遜色。唯就整體而言，〈茶樓〉仍還不失為一首佳構。

　　至於〈甲必丹〉一詩，則是陳大為企圖以逆向思維來顛覆甲必丹（Captain）葉亞來在教科書中的偉大形象，並對他興建吉隆坡而被人約化為偉大的刻板印象予以全面的反思。整首詩由夜讀切入，還原葉亞來做為一個幫會首領的真貌，並一層層去剝開葉亞來成為偉人的神話迷思。詩人以「山豬橫行」、「狂野的馬」、「猛虎巡弋」、「七頭巨象環伺」、「黑幫土狼」、「鱷」、「鷹犬」去勾勒出那個弱肉強食的社會，而葉亞來在那充滿掠奪與火拚的世界，在歷史的迷霧中浮現出殖民帝國幫凶的面貌：

> 殖民政府沒有提供足夠的鷹犬
> 他不得不畜養黑道的龍蛇
> 鐵打的手腕有了一種凶狠的陰柔
> 足以鑄造龐然的夢，鑄造像上海的城邦　　（同上：11）

建邦的過程，是否有他的私心在？歷史的書寫不會探入偉人
內心根盤錯結的意識形態上，而只做表面的繪色，因此，面對歷
史，沒有多少人會去探索葉亞來「黑回來的土地、舖子和礦湖」
（同上：12），因為「對英雄／歷史自有一套刀章，削出大家叫
好的甲必丹」（同上：12），諷喻了歷史也是存在著另一種虛構，
陳大為企圖去解構建邦功臣葉亞來在歷史上的神聖性，以及在教
科書裡永恆的印象。全詩寫來，辯思十足，而且帶著一分學術性
的思考。就題旨而言，極為鮮明。尤其詩的最後一節「5：傳奇
的刪節號」，正是為讀者留下申論的空白。此外，這首詩的意象
精準、節奏細膩且錯落有緻，結構嚴謹縝密，因而，在詩的表現
上，可謂是詩的批判功用與藝術追求終於在此碰上了頭。

這三首回歸自身鄉土歷史的詩作，正也表徵著詩人對自我生
命的回顧與省思。從故紙堆裡抬出頭來，陳大為將他的創作視域
移向南洋／馬來西亞華裔歷史文化的關懷和詮釋上，也開拓了他
詩創作另類嶄新的主題場域，但陳大為甘於沉溺於這個場域之中
嗎？我想，對於陳大為這個不斷尋求自我超越的詩人而言，沉溺
即表示死亡。他還是會繼續去追求詩的高音和創作的飛揚的。

四

自一九九〇年陳大為初次打開新詩創作的練習簿，迄目前出
版兩本詩集《治洪前書》（1994）與《再鴻門》（1997）止，六年
內，陳大為以跳躍的速度，展示了他在新詩創作上那令人耀目的
才華。在台灣新生代的詩人中[3]，他與唐捐二人，是獲獎最多的詩

3　關於「新生代」這定義，見陳鵬翔〈跨世紀的星群──新生代詩人論〉

作者。他的作品，泰半是用來叩探文學獎之門，並獲得相當輝煌
的成就。而在總結陳大為這六年來新詩的創作成績[4]。我發覺到他
對敘事特別偏好，縱是在短詩的創作上，亦可梳理出小小的情節
來。另一面，以史料做為素材的處理，也是他詩創作的特點，而
其兩本詩集的書名，可在這方面做最好的注腳。

陳大為對素材的萃取、鑽究與探入，在縱面而言，已取得相
當深沉的挖掘，但在題材多元的橫面上窺視，則其視野仍不夠廣
闊，這或許與他長久來生活在學院中的環境有關[5]。因與社會現實
面直接碰觸少，以致他的創作中較少去處理現實生活中或社會現
象裡所浮顯的種種問題和情景，因此，在他的創作中較少涉及到
對現實的關懷。唯陳大為仍然年輕（二十九歲），再加上他具有
飽滿的想像力與創思，以及他對環境的敏感度，我想，這類題材
遲早也將會被他引入，並轉化為詩那精緻的聲音。

從《治洪前書》跨向《再鴻門》的創作過程中，可以發現，
陳大為企圖不斷將新的語彙組合，意象淬煉、語意構成乃至形式
的突穿和創想納入一個日益成長與穩定的詩系統中，然而在某方

　一文（《國文天地》141 期，1997 年 2 月），也將新生代定位在一九六六
　年出生以後的作者，即年齡局限在三十歲以內的層次而言。這定義仍具
　有一些爭議性，唯在這裡姑且不論。

[4]　陳大為還有一些詩作未收入《治洪前書》與《再鴻門》這兩本詩集裡，
　　所以本文亦略而不談。

[5]　其實，陳大為與許多大馬旅台的創作者一樣，他們的創作題材受到限制，
　　原因不單只在於他們是生活在校園中，與台灣現實社會接觸少。最主要
　　的還是，在這背後所隱藏的一個問題，即：他們在大馬十多二十年的生
　　活經驗，並無法貼入台灣的社會內壁，再加上種種原因，使他們與這社
　　會產生一分隔閡感。這不免使他們的創作之筆劃向虛構的場域，或通過
　　回憶，去復活童年的生活經驗與場景，這形成了烏托邦文學的色彩。唯
　　這文學現象產生的原因頗為複雜，本人將另撰一文討論，故不在此贅言。

面而言，這種漸趨穩定狀態勢必也會形成創作上的瓶頸，唯以一個充滿詩思與精擅駕馭語言的詩人，瓶頸何嘗不是另一個寬敞遼闊的原野？可以讓他放馬聘馳，並向自己的意志和才情挑戰，由此而跨向另一個創作的高峰。

【參考書目】

林泠〈敏感的革新〉，收入楊澤編（1992）《第十五屆時報文學獎得獎作
　　品集：異鄉人》，台北：時報文化。

柯靈烏著，陳明福譯（1994）《歷史的理念》，台北：桂冠。

陳大為（1994）《治洪前書》，台北：詩之華。

陳大為（1997）《再鴻門》，台北：文史哲。

黃錦樹（1996/07/05, 10, 12）〈論陳大為治洪書〉《南洋商報・南洋文藝
　　副刊》。

時光的回眸

──論秦林《雙子葉》詩合集中的抒情書寫

　　秦林與何乃健二人，在星、馬詩壇上都有他們的顯著地位；更重要的是，兩人長久來創作不輟，並各別獨樹了自我的詩文風格，而展現了他們在文學探尋上兩種不同的生命姿態。然而這兩種文學的生命姿勢，卻不時會在同一本書或詩集中交會，且讓不同的文字聲影相互辨證，以呈顯出他們在詩／文合集中所獨有的形聲。如在詩方面，他們曾共同出版《栽風剪雨》；而散文方面則有《逆風的向陽花》。至於 2000 年 8 月，他們三度合作，並由台北文史哲出版了詩合集《雙子葉》。類此以合集的方式呈現，一般上若非知交，則在詩文方面必有彼此相互認同的默契。故陳瑞獻在為《雙子葉》寫序時，就曾開章明義地指出：「甚至用李白筆下的桃花潭也不足於形容乃健與秦林之間的深切友誼。誠篤，謙讓，相關照，久長，一個交友的好典範。……乃健的筆一直指向生命的本源，而秦林卻一直在捕捉生命的諸種體現，二者合為一卷，正是人與詩為友最堪玩味的長卷。」因此，從人與詩文的觀照，無疑正可體現出他們之間的某種密契；至於他們的詩，更是在傳統與現代的接續中，以浣亮的聲音，展示了內在生命在面向外世時，所顫動的一種情感節拍，而此節拍二脈歧出，

卻交響密通，並逼顯出了他們在合集中詩創作上相互激盪的獨有
特色。

　　唯本文在此並不擬論何、秦二者詩風在各奏其曲又互相交涉
間的一種生命情調，而是想從《雙子葉》詩合集裏，獨拈出秦林
在自我存在中，透過生命的本真和詩性的語言，以一種深情的回
顧，去召喚回憶中一一傷逝的靈光與亡魂；並探索他如何在詩的
抒情傳統間，書寫一份存在的自我言說。

　　關於詩的抒情，一直以來是傳統詩裏的大宗。所謂「抒情」，
一作「舒情」；或作「敘情」，即把心中之情，溔散舒展，傾注而
出。故晉朝盧諶在〈贈崔溫〉一詩曾云：「良儔不獲偕，抒情將
焉訴？」所以可以這麼說，情之溔散傾訴，無疑表現著存在本身
的一種言說，它或直接或間接地通過情感脈絡，舒緩地以回憶、
思念、悼辭等去彈奏生命的獨語。而抒情詩（Lyric Poetry），不
論是觸興或感境，還是瞑思或驚示，都具有其之告語的口吻氛圍
和體驗向度。因此，從這樣的一個審視，再回過頭來觀照秦林的
一些新詩，則不難發覺，他的大部份文本，正是從此一傳統中翻
轉出來的抒情音色，即節奏和緩、情感真執、借著想像或回憶，
不斷陳述著心中的情念與感觸。而其詩行之間，靈光閃爍，時間
卻一步步倒退，在跳躍的意象與節奏中，一一剝顯了他的生命感
受和體味。

　　最明顯的就是在《雙子葉》詩合集中，秦林藉由回憶式的敘
述，迴環地傾訴潛藏在自己心中暗處的那一份情感哀思，並將之
投射於某個對象上，而詩中原有的空間與時間跨度，卻在此對接
與被填合了。如於〈無題〉一詩，詩人企圖透過節日與「月亮」，
去剝開自己的縷縷思情：

> 去年中秋節
>
> 和你家三代人
>
> 一起在月光下散步
>
> 啃硬如石的南京月餅
>
> 鄉愁,就坐在月亮上
>
> 今年中秋節
>
> 舉頭望明月
>
> 嫦娥和吳剛正在啃月餅
>
> 情思,就坐在月亮上(58)

在此,詩中的舒緩節奏,獨白式的情感溁發,在記憶裏通過時空的相互跨越,迂迴地構畫出兩種不同的情景。而貫穿「中秋節」、「明月」與「月餅」的思念,是時光錯位下的一種傾吐。故在前一段,詩人於異鄉偕同戀慕的人共看明月,心中卻升起了裊裊鄉愁;後一段,則是在故鄉獨自望月,想念的,卻是遠方戀慕的人。而「去年/今年」,構成了時空的交錯對置,如飛鏡丹闕,綠煙明滅,交織成存在的某種迷惘情思。是以,透過時光的回眸,往昔的情景與現實的想像,都可以置換為抒情的意象,並迸發出閃爍的情感火花,為詩人在人世感情的生命探索上,點亮了剎那的光華。

另一方面,也不難窺見,秦林甚喜以「明月」去解說他心中深處的情感追尋,如古典詩中的詩人感喟,在「明月」的符碼中隱寓或承載了一份傷逝的歲月和消散的情意。而月光如水,時間浮動,人世無常,情思的演釋亦通過「明月」這原型意象在記憶

的湖面上不斷流轉。因此,為了苦苦尋找自己心中的夢影,秦林遂於〈飄落〉中投注了他在情感流逝後的另一次探訪:

> 他遂和中秋明月
> 沿著一條不歸路
> 登門造訪了那家人
> 微醺的面靥遂飄落湖上(73)

「中秋明月」原是寓寄著月滿人圓的好景節,唯詩人卻孤影飄渺,執意尋訪常常縈念在心的故知。「不歸路」營造出了詩人內在的寂寞和孤獨,至於飄落湖上那「微醺的面靥」,則暗喻著某種情感的失落,並在蕭瑟的時間裏,形成一份微微的歎息。因而,「明月」所照,未必是團聚歡笑的情景。如蓉子在〈晚秋的鄉愁〉所說的:「誰說秋天月圓/佳節中盡是殘缺」,當舊歡如夢,倩影風逝,所有的追尋終究成了幻影。詩人只能佇足在自己「心中的荒原」叩問:「你為什麼不告訴我/你究竟還在哪裡」(〈荒原〉:76)。即使循著月光回去,所看到的,也只是江南水聲欵欵裏蕩漾的背影。因此,月光的抒情、思慕和哀念,在此聯繫為時間網絡中的縷縷情思,並不時召喚著詩人不斷回頭去挖掘自己記憶中沉潛的情意,進而展現了一種揭示自我的存在意義。

就沙特而言,存在的自我揭示在於把握住自己「此時此在」的一瞬間,換句話說,即把握住「當下即是」的那個現象自身,可是,在某方面,人卻常常黏滯或陷落在自己或別人的情感漩渦裏,這造成了如海德格(M.Heidegger)所說的「被拋擲」(geworfen)的生命狀態。因此當詩人獨白:「有一個背影走向荒原」(〈荒原〉)時,亦就徵示著生命在某個程度上,已逐漸從紛

繁的情感現像回歸到自己的真實所在。可是另一方面，詩人之於
為詩人，他的精神生命卻驅使他不斷回望，以致時間之流在他的
詩思中也常常呈現著一條回溯之河，讓他在追憶和回顧之中，不
時要去尋回情感旅程上的另一種存在意義。因此詩人在〈窗外的
太陽〉中寫著：

> 我給遠方的愛人低吟
>
> 她一直貼近窗外聆聽
>
> 列車奔馳過江南的田野水鄉（71）。

這是詩人在回憶中對戀慕者的一種傾訴，從對「遠方低吟」，
到她「貼近窗外聆聽」，時間和空間的距離不但在回憶中給救合
了，而且也使詩人從孤立的存在中解放了自己。因此，回憶在這
裡借由某些幻想成份，投射了現實缺憾中的一種想望，讓詩人能
夠在情感上抓住某個內在的自己，由此，也言說了存在本身的另
一種生命情境。

除此，在抒發慕情之外，秦林有些詩，也會回眸探望時間深
處的童年故鄉。而這種對生命原鄉的回顧，無疑也是對生命本真
的一種探索與回返。是以，藉由回憶，詩人就能逆著流光，飛渡
千山，跨越時刻，回到自己生命中最純真的孩提時代裡。所以當
詩人看到「火車迅速行駛」時，自然而然地就會把它想像成「如
村童扔來的一條木棍」，輕輕地攜他回到那有「石磨、炊煙、小
路」的吉蘭丹小鎮中去。但是，走入歲月深邃的迴廊裏，破碎的
記憶並無法拼貼童年的真實，更甚的是，現實中的故鄉也早已成
了他鄉，所以，在被回憶吐出來之後，詩人不無感慨的寫下：

> 鄉愁早已變成一個陌生的朋友
>
> 那斧聲彷彿細訴你最後的初戀……
>
> (〈吉蘭丹悲歌〉：92)

　　故鄉在此已被收縮到體內的最深處，鄉愁也洩散為陌生的面貌了。當「被拴在白雲山下的牧歌」，久不回家後，詩人深知：

> 那廟前沉睡的石獅
>
> 那檐上入眠的麒麟
>
> 都已老了，一如斑駁的青苔
>
> 逐漸在風雨中消失記憶（96）

　　因此，記憶也有些模糊，廟前的石獅已頹；檐上的麒麟也老了。而躺在塵煙歲月脊背上，與往昔的自己照面，所撿拾到的，卻是一痕「逐漸在風雨中消失的記憶」。雖然如此，生命的回溯，還是要通過回憶的舔犢，才能重新開放。也只有經由回憶，才能召喚所有消逝在歲月深處的靈光與亡魂。是以，從秦林的詩裏，我們可以一次又一次地窺見他企圖跨過回憶的門檻，去抒發自己生命內所存有的一份幽微情思。這類抒情書寫，正好也凸顯了他在詩創作上的詩性言說，進而銘刻著其之為詩人本身所特有的性情內質。

　　還有一點必須注意的是，在秦林的詩裏，常會有一些懷想或悼念前輩詩人的作品。這在傳統詩裏可謂俯拾皆是，尤其自六朝以下，以傾訴友情為主題的詩，更是在抒情的系統脈絡裏，與愛情詩形成了相當重要的兩大支柱。是以，故友舊知，遙望相念，或登高懷人，並詩賦相寄，衷情相訴，往往成了千古絕唱。如謝朓的〈懷故人詩〉、范雲的〈贈張徐州謖詩〉、柳惲的〈贈吳均詩〉

等等皆是。而秦林在前一本詩集《逢君拂曉中》（1991）亦常有
贈友人詩，像在〈卡門組曲〉以「彼岸冷然——給尤琴」、「晚會
——給原甸」、「裸體的月光——給韓牧」,〈珊瑚——致乃健〉,
還有〈贈林臻〉和〈贈梁三白〉等。至於在《雙子葉》詩合集裏，
贈友人詩不見了，反而換成了悼亡詩。尤其對其所景仰的先輩，
詩人通過了回憶式的敘述，描繪了他們生前的言情笑貌。這種悼
亡是緬懷、追思與銘記，其中更涵融了詩人一份真摯的孺子之
情。像他在〈老屋〉中悼念柳北岸：

> 那一枚
> 談笑風生
> 那斑斕的蝶夢
> 已寂寞成標本（101）

「談笑風生」的動詞被置換成名詞，一方面不但生動地透露
了柳老豪爽與樂觀的性格，一方面卻也擴延了詩意的迴響。而「斑
斕蝶夢／寂寞標本」衍義著「精彩一生／孤寂死亡」的對照，形
成了詩的內在張力，並為最後一段敘述亡者的鮮明形象與追思情
懷埋下了伏筆：「那一把／斯文掃地／集中了你的活力和魅力／
風雨再斑駁／古井更枯竭／炊煙復嗆咳／卻是讓人永遠想念的
／老屋」（102），「屋」在人非，可是另一方面，「屋」卻也被隱
喻為所悼念之人，而緊繫著詩人的依依舊情。故通過此一回憶的
視點投射，詩人以想像性語言，去還原自己心目中的長者形貌，
並在逝水中，傾聽時間悠悠的嘆息。因此，悼念著亡者，其實也
是在悼念著時間的一份流逝。如在悲悼中國老詩人鄒荻帆的詩作
裏，詩人對時間的感觸則更加深刻：

> 時間在軌道上疾行
> 你如老鄉頂著草帽
> 笑吟吟如清泉淙淙（114）

回憶裏的老詩人走在時間上，或時間走在老詩人的身上，都是一種匆匆的流逝。而「清泉淙淙」，是開朗的笑聲，更暗喻著時間無情的流去。所以當「一個熟悉高大的背影」，不再踽踽走來時，日已落向了西山：

> 讓啜泣掛在
> 一抹夕陽映照的林梢（15）

「一抹夕陽」徵示著人生的末端，歡樂易逝、短暫、淒涼，死亡等。而詩人的悼亡，實際上也流露出了一份對自己與對人世的一種哀憐。在時間之下，人都永遠只能像卡繆筆下的薛西弗斯一樣，在山下不斷推動著滾石，並在時流的刑罰中，一步步地走向黃昏歲月。在另一首悼念香港老作家舒巷城的詩裏，秦林也以同樣的哀情寫下了：

> 天邊的寂靜傾聽我的吟泣
> 我卻像鯉魚門永遠傾聽太陽下山的呼吸（135）

短短的兩行詩，沒有縱橫鋪排、斷續傾訴，卻簡明地道盡了詩人對逝者的感懷與感恩之念。在蕭穆與沉寂的氛圍裏，遙思遠祭，憶往思來，使得「太陽下山的呼吸」顯出了死亡鮮明的意象與時間流逝的驚心動魄。如在悼念中國老作家茹志鵑時詩人所寫的：「她就要到遠方旅行／帶著一籃的坎坷與幸福／啊！我的夢破了一個大洞」（〈小百合〉：128），死／生；旅行／夢破，組構

成了存在的矛盾與哀矜的情緒，亡者／悼者，都在時間之網中噓唏。而「悼，痛也」，思人憶情，借事抒感，賦詩自寬，形成了抒情詩中的某種獨特風格。所以，當「存在」發聲，潛意識中，悼者自身往往也是面臨著時間和死亡的無形壓力與威脅，因此，唯有通過詩，詩人才能以詩人的姿態，在時間與死亡之外，獲得了某種精神的超越。

總而言之，在論及秦林於《雙子葉》詩合集中這些以愛情、鄉愁及悼念的詩，我們不難發現，這是詩人在自我主觀抒情上的一抹風采。或許由於詩人的性情所致，也或許是語感與傳統詩風的影響，使得他在這方面的抒情書寫，有著豐腴的內質。雖然他在某些意象的鑄造上，仍陷在舊臼之中而不免顯得些許陳腐，但在用情方面，他卻能照著本性說話，以存在之本真，在詩句中撥繁去冗，言說了心中最真實的感受，這亦是其詩溫婉與動人之處了。

當然，在《雙子葉》詩合集中還有其他具有抒情成份的詩篇，但由於愛情、鄉愁及悼念之詩，最能突穿詩人在面對時間與回憶的存在言說，也是詩人在詩句中最容易召回自己的真摯表現，故特以此類詩文本做為秦林之詩的閱讀視點，或許這會有點以偏概全之嫌，可是在某方面而言，此一「偏讀」，許是真正還原秦林之詩的本來顏色吧！？

【參考書目】

秦林、何乃健合著《雙子葉》台北：文史哲 2000 年

兩種情懷的詩性言說

——閒論李宗舜兩首詩〈音樂課〉、〈經典〉

　　詩人以詩言志，一直以來是中國傳統詩歌意義系統裡的重要理論。如〈毛詩序〉一文中將「志」視為內在的「詩」，或將「詩」視為外在的「志」，以「詩者，志之所之也。在心為志，發言為詩」的終極命題，突顯出語言意志在生命性向上的某種存在追索。後人又將「志」與「情」、「意」貫串起來，成了生命心靈史的技藝表述，由此強調詩言主體的道德志向和情感抒發。因此詩人寫詩，搖蕩靈魂的舌音，自是內在情意化為語言文字的曲調，也幽隱陳述了詩人在世的一種抒情呈現。

　　然而詩做為一種語言技藝，令人關注的不在於它能夠反映多少的現實，或能夠承擔多少的社會議題，而是在於它如何通過語言去表現詩人心中的情思，以及如何形成一套詩的美學。黑格爾（G.W.F.Hegel）在這方面表述的很清楚：「詩的目的不在事物及其實踐性的存在，而在形象和語言」（p20），故語言在此必然成了詩之優劣的審美判決條件，以辯證詩的美學創造和深度。因此具有語言自覺的詩人，往往在創作中，懂得如何調動語詞組合，或通過潛藏符譜的隱喻、換喻、音色、意象和色彩等，讓意念符號鋪展成一條詩路，說出生命最內裡的情素。而詩的語言，必須由常語轉出而為奇語，以一種陌生化／反熟悉化（defamiliarization）

的修辭策略，變述行語言（performative language）為神話語言（mythic language），通過出人意表的創意，展現語言的可感覺性。故不論抒情、表意，或言志等，相信都可為詩開出一道亮麗的聲光。

最近閱讀李宗舜的兩首近作〈音樂課〉與〈經典〉，讓我感覺到詩又復歸於詩人之筆下。那往昔曾以婉約典雅，蘊藉情聲的詩人──黃昏星的影子，一下子從我底腦海中翻身浮現。此前，我以為李宗舜的詩，總是缺少了黃昏星時期那份對語言的鍛鍊，意境和音色的掌握，口語的隨意和直接表述，讓他的詩喪失了可以咀嚼的餘味，因此我常懷念他三十年前的一些舊作，如「當你推開窗，發現魚鱗的燈亮／卻讓夜寒流了進來／側首看天時，風水已亂世」（〈樓台望斷〉）；「而行人車影，匆匆交錯／看他們奔波／看燕子閒散／看這個世界在風中運轉」（〈街燈〉）；或「你是舞台，我在台下看你／因為你的悲懷而使我想盡了悲懷／你是雪，我是鞋／踏破了所有的蹄聲／難以尋獲從前受創的腳印／現在又要穿行，又要隱滅／在浩浩蕩蕩的人海中」（〈穿行〉），這些詩句，充滿著情感的生命能量，而且節奏錯落有緻，表現著相當嫻熟的詩語掌控能力。古典的符碼，在黃昏星的詩中俯拾皆是，它所形成一套語意系統，彰顯了其詩的風格流向。然而，當黃昏星停筆多年後，再以李宗舜之名重新出發，詩的風格驟變，語言趨向日常表述體系，音節和詩感弱化，一些書寫生活體驗的詩，流於直現，即使是懷古之作，如〈時代的潮流──遊馬六甲有感〉，以現實語言逼近歷史的同時，卻因說明性過強，導致詩語的透明性驅逐了詩性，而無法激起讀者的想像空間。

　　宗舜或者瞭解到其詩創作的瓶頸所在，所以近五年來一直沉潛不詩，然而他的不詩並不代表他不再創作，而是一種前創作的自我沉澱，或一種蓄勢待發的準備。因此讀到他的〈音樂課〉和〈經典〉，讓我欣喜於其重新出發後詩藝的轉換和躍進，特別是詩之肌質（texture）的豐潤，斷行間的節奏掌握，以及為詩制造出意義縫隙與召喚結構的特質，這使他的兩首近作躍過了他之前慣於習寫的原初語言，而展現出一個更開闊的詩性空間來。

　　就第一首詩〈音樂課〉來說，主要是抒發時間流逝的感歎。而類此感歎調在新詩中時可常見，它的特色無非陳述歲月不居所形成的在世傷懷，並通過回視之思，去呈現處在時間深淵下自己老去的孤影。因此，回憶、失落和今昔的時空對照，幾乎已成了這類詩作的結構展示，詩裡所迴盪的聲調，也往往讓抒情主體成了感傷的在場。某方面而言，它也常指涉出一個被時間遺棄，或歲月廢墟的現象。一如這首詩開頭所揭顯的：「三十三轉的黑膠唱片」，以所懷之舊物點出了時間的位置——六〇年代末／七〇年代初；並經由鑽石針頭下音樂迴轉的隱喻，述說自我在時間之流中那份青春理想的尋索；這分回眸的追憶，將音樂和歲月做了貼切的結合，而延伸出「世代風華苦澀的音階」，「風華」和「苦澀」的形容詞抽象並置，卻滌蕩了成長過程的經驗認知——狂放直率後的失落。

　　換句話說，抒情主體召喚時間，追懷往昔，或面向故事時，總會念念不忘過去美好的時代，而這「美好」，其實是建基於青春生命的璀璨上，故一旦時間過去了而轉換為回憶，就會成了一種哀悼，或產生遣悲懷的情緒。回憶中，遺物故跡，也會被想像塗抹成一道神秘的色彩，甚至被自我神話化。是以，李宗舜在記

憶裡回視年少歲月時刻的黃昏星（或「黃昏星大廈」貧乏年代的時期），自然就會感覺那回不去揮灑激情的青春歲月，以及狂狂歌詩的過往，是他／他們時代的「風華」，然而「苦澀」的感覺認知，卻是由「此在」給出的，它形成了一份今昔的辯證，在某方面而言，卻無疑也復現了抒情主體在回憶中的一份存在失落。

　　而成長歲月總是要通過某種生命的儀式，才能算是真正的成長。故「陪同眾生尋索的／長廊走道」形成了他生命中的典禮儀式。他的神州，一個集體的文學回憶，更成了他不斷復返的記憶場。在此，詩貫串了這段歲月，也給出了回憶的聲光色影。因此，此詩首段交待了成長的時代背景，次段才點明為他奏起生命旋律的音樂，是「詩歌」：

> 十七歲那年
> 老師為我上了一堂
> 音樂課
> 叫詩歌

　　其實在古代中國和古希臘，詩與音樂是結為一體的，如先秦的二樂：《樂記》和《樂論》就認為聲、音圓融而成的音樂，實是情之產物，也是詩的一種表現。而希臘神話中，九位繆斯（Muse）其中之一的尤特碧（Euterpe），就是司掌抒情詩和音樂女神。所以英文的 music，原是希臘文 muse 衍生而來。故詩與音樂，實際上是同義詞。詩歌的言談，與音樂的聲調，或韻律，有著其內在極之密切的關係。此之為何企圖把詩人驅逐出理想國的柏拉圖（Plato），也認為只有把音樂和格律寫入詩歌者，才有資格被稱做詩人的原因。

　　做為詩人的宗舜無疑深知此理，故特以「音樂課」為題，揭示他對詩的曾經癡狂。而詩做為他文學啟蒙的題裁，後來成了他的志向，也影響了他的一生；它銘誌著一個詩人故事的始末，正是從十七歲那年開始。唯抒情主體在此的點明，卻留下了一個韻味：詩的旋律，將為詩人的一生唱出怎樣的音色？

　　答案卻是：「留下塵封的黑膠片／留下沒有針頭的唱機和／白髮積雪」。最後一段回應了首段的陳述，使「塵封」和「尖叫」，「白髮積雪」與「世代風華」對照，由此凸顯了歲月老去，壯志沉埋的無奈感。時間在回憶裡止於一種張望──昔與今，使回憶者在自我的回憶中產生了時間的知覺意識，以致從「物」（黑膠片、唱機針頭）之磨損中照見了歲月的衰頹。故此詩抒情言志，借物比興，時間感隱然貫串音樂和詩，展現了宗舜個人的存在意向。

　　至於另一首詩〈經典〉，語言簡鍊，指涉幽隱，意念的跳躍很大，也為讀者埋下了一個開放性的解讀空間。如閱讀理論所強調的，經典是源自於讀者的詮釋參與，只有讀者才能召喚出文本的意義。因此一首詩，或一部作品，若其具有內在多重意義（cannotation）的表現，或留下更多的解讀縫隙，則其之流傳性也比較長久。而此詩一開頭就寫道：「一本荒唐可笑的長篇／兩部來歷不明的經典」到底是哪本長篇，或哪兩部經典？言說主體並未點明，然而若要猜測則不免徒然，因為重點不在於此。

　　然而到了第二段，言說主體卻故弄玄虛，給出了這樣的答案：「原來是蝴蝶／變成了飛蛾／在浩劫中穿插自己」此一從「蝴蝶」變異為「飛蛾」的隱喻指涉，言詮了文本在時間中的意義置換，因為只有歷經不同時代的讀者和詮釋，才可拓深「經典」的

身影。換句話說，文本──作者──讀者之間，存在著「填補空白」（gap filling）的可能，文本和閱讀（修辭行為）也是在互動之下朝向了此一「填補空白」的意義建構，和經典性的方向走去。另一方面，經典的形成，更必須通過時間的考驗以及權力結構的對決，才可能產生，故「浩劫」是經典之於成為「經典」的必然過程。

而對經典的認知為何？言說主體其實已有一套自我的看法──「是夢」，即是夢，才具有其開放性。因為夢也，惚兮恍兮，其中有象；恍兮惚兮，其中有物，即可隱喻，又可轉喻，其空白處，也充滿著修辭上的填補空間；因此莊周夢蝶，肉身與蝶體置換，必須以「夢」做為中介，才有可能「物化」，故夢，開放了閱讀的無限可能。所以詩人才會說：「是夢可以斷弦／是知音在大千世界」，作者和讀者間的空白間距，其實是充滿著創作和閱讀的權力鬥爭、位置和立場的，然而以「夢」為中介，作者與讀者可化而為一，以「完成了深淵尋覓的章節」。這如西方接受美學理論所強調的，讀者與作者若處在同一個文化背景和位階，則其進入文本召喚結構中，可形成某種共同認知的秘契。也就是說，讀者還是可以經由文本貼近作者，以創造出共同的文本意義來。

總而言之，〈經典〉一詩緊扣題目，其旨趣不在於生命的體驗上，而是在於探究經典之於成為經典的可能，以及文本開放性的重要。此詩處處埋下縫隙，處處彈奏弦外之音，如「蝴蝶」令人想到周夢蝶；「斷弦」與「深淵」則不禁讓人勾連至瘂弦，意指所到，象外生象，這也是此詩耐於咀嚼的地方。除此，詩中的

韻腳,如:「篇、典、弦」和「蝶、界、節」相互穿插,形成了
詩的格律音節,讀來令人覺得情韻不絕。

　　宗舜這兩首詩,言簡意賅,詩的語言也展示了其美學價值的
建構,抒情蘊藉,志言成韻,然而其意象經營並未刻意雕琢,卻
能陳述詩語於一脈軸向,並設下了一些聯想的空隙。這與他早前
趨向寫實與直露的詩有所差異,這讓詩保存了詩性,也讓詩重置
於詩的語境中而具有其存在的意義。詩,在此回歸到了詩的國
度;我想,這才是宗舜創作這兩首詩的最大成就了。

【參考書目】

〈音樂課〉、〈經典〉二詩刊於馬來西亞《南洋商報・文藝副刊》，
　　2008.8.30。

黑格爾（G. F. W. Hegel）著，朱光潛譯《美學》，北京：商務印書館，
　　1996。

我與他，與無花果樹之間
——黃遠雄詩中的存在世界

一

我最早閱讀黃遠雄的詩是在 1986 年中。那些大部份以左手人的筆名在七〇年代間發表於《學生周報》的舊作，後來結集成一小冊的《左手人詩集》（人間詩刊之四）。我就是通過那份薄薄的詩冊去認識我故鄉的一名詩人，認識他在詩的世界中所建構的鐵蒺藜、鷹架、風沙、不斷走動的樹、狂飆的瀑布，以及粗獷崎礪的生活歲月。在他那一系列的詩中，也讓我開始認識了——詩。後來我還嘗試以青澀的筆尖探入了他詩中的意象迷宮，企圖探索他在文字背後所舖設的生命光影，但最後所得到的結果卻是一篇粗俗爛造的詩評。

而那已是二十年前一份遙遠的舊夢了。如今回頭，我發覺，少年躲在書齋裡的眼睛，實是無法洞穿詩人背後的生活世界，以及他生命的存在處境。對於一支在水泥鋼骨間隙磨練的詩筆，與在鷹架與鷹架之間擺蕩著大氣磅礴的詩句，我所讀到的是處處述說著他那份風沙歲月的生活，卻讀不出隱藏在詩與詩背後，所沉浸於人生體驗裏的一份思辨與豁達。我在尋找淬煉的文字與意

象，卻忽略了詩中的性情，而那才是詩人存在世界中最真實的聲音。因此，當許多馬華詩人刻意在修辭技藝上進行外在的試練和創發，或嘗試從繁複的內在意象圖式中尋求意義的摺疊與展開時，黃遠雄卻仍一如往昔，沉穩地在自己腳下的詩路上彳亍獨行。或許，一切銘文立意，鑿句成象，對他來說只不過是近乎技矣的雕蟲遊戲；也或許，他所在乎的只是如何在現實生活中，去逼視人生的困挫與崢嶸，並為自我存在見證？故我從他近期的詩中漸漸讀出了一種生命自然敞開的詩性言說，不論是對於時政、歲月、病痛、追憶等等，在在都指向了詩人自我存有的蹤跡──一種生命在時間裡流動的詩音。

誠如海德格（M.A.Heidegger）在評注荷爾德林（H.Holderlins）之詩時所指出的，詩人是諸神退隱後的信使，他給予了存在一種命名和意義。因此，詩人的詩性言說，展現了自我在場的姿態，生命的光影和聲音。而詩的語言，也幽隱迂迴的指出了「我思」的存在處境──煩憂和匱乏。這種現身情態，無疑成了詩人對世界最直接的反映，生命最真誠的呼聲。而黃遠雄的詩，在這方面常常意有所指，即使是生活情境的碎語，或日常之思的餘光，都可窺見其詩作深處所蘊含的存在隱喻，以及這隱喻背後所展開的自我／世界之間那份辯證與感知的情緒。故從這方面窺探，五十歲之後的黃遠雄，其詩中無疑比過去作品，多了一份更深沉，卻又更加淡定悠遠的意韻。

二

在遠雄最近剛出版的詩集《等待一棵無花果樹》中，許多詩都是在生活裡淬煉而成的。詩的語言與現實對話，展現了其當下生命的狀態和情境。這一如 Wallce Stevens 所指出，外在的現實敘述，其實是一種內在生命當下的言說，它通過了語言技藝，使被遮蔽的世界敞亮。像遠雄詩中不時出現的「樹」這意象，指涉的不是外在物的現象，而是存有的投入，由此也給出了生命存在中的一種精神流向。因此從青年時期詩裡那「不斷走動的樹」，延至這本詩集中「要去流浪的樹」，以及「默默守著自己的根」之樹等等，正述說／召喚著一種自我本真（authentic self）的覺知。而「樹」的隱喻言說，其實是詩人的一種現身情態，一種更貼近存在本真的意指。最典型的是他的〈要去流浪的樹〉一詩：

> 因為樹林太濃密／他找不到自己／的身影

在此，「他」與「樹」，形成了互涉的轉喻，並開顯了存有的一份尋視。因而，當「他」在群樹（他們）中找不到自我的主體性時，歸屬的出離，遂成了一棵樹的流浪宿命。故不論從身體的流亡或心靈的流放，都是詩人在世和在時間中的一種跋涉；或從存在論來說，是一種「漂流」的存在狀態。而詩中的「浮萍」、「流域」，無疑注釋了存在者無家可歸感的離散意識，以及難遁於天地之間的死亡逼迫：

> 他回首／祖輩擁有的每一具輝煌／都是躺著／排列的／骸骨

俗世歷史追求的功業──輝煌的骸骨。「骸骨」在此象徵著過去的殘餘物，一種標誌：身份、時代和家族文化的失落；它即使再「輝煌」，也是一種消失了的輝煌，只能做為緬懷物而存在。另一方面，此詩宛如一則存在的寓言，敘述著離散族裔的命運──所有故事的結局，都在離散與死亡中完成。因此，當流浪的樹「拎著殘存的根鬚」歸來，「所有的樹／被當前的景物／掩臉，震撼／大聲痛哭」。在此，詩的寓言性，一一指向了生命共同體的本質，同類／族裔相哀的存在悲劇。

故從此一詩中言說的存在之思，相當深刻地辯證了存有的追尋與幻滅、空洞與憂哀的情態，這是詩人內在生命的聲音，警醒的獨語。其詩的語言表現不在於修辭的華麗，或意象的精巧，而是在於詩蘊生命的深沉。同樣的，在他的另一首詩〈樹總是〉裡，「樹」成了一種自然的守護，生命「療傷的風景」。客體的「樹」與主體的「我」，在此存在著生命相互延伸的依義，並由此觀照了「我──世界」的存在處境：

> 樹總是，默默守護著／自己的根；根在／樹在／無論我走得多麼遙遠／把傷跡留下／樹料理

「樹在」，一切生活的挫敗和創傷，也因此在日常世界裡有了「根治」的依據。更進一步的說，「樹」實際上已內化成了生命的根鬚，靜靜支撐著詩人存在的勇氣。而「在」，給出了意義，使人不會遺忘了自我。這如莊子在〈至樂〉篇所言的：「萬物皆出於機，皆近於機」，機運之處，自有神性的召喚。至於詩人運思寫詩，旨近意遙，讓「樹」幻化為多方指涉，卻在生命的觀照

下，趨向詩內感知／認識主體「我」的存在敘述，由此展示了其
精神的無限追索。

如在〈等待一棵無花果樹〉和〈真正的無花果樹〉二詩中，
詩人別有機鋒，辯詰著「無花果樹」的一分存在意識。前一首，
詩無雕縷，卻音節頓挫地，陳述著渴望有人帶「我」去瞻仰心儀
已久的一棵「無需開花／卻果實累累的／神奇樹」；雖然至終詩
人遲遲未有行動，然而此樹，卻隱然在其內心茁壯，並生機勃勃
的往外攀延伸張著。至於後一首，則以近乎明朗的口語，敘述如
何在日常生活的競逐與煩忙間，錯過了時時照面的一棵「無花果
樹」，最後卻與一名友人輾轉尋訪下，而終於找到了它。詩的末
尾寫道：

> 他說：／哪，你看那棵／無花果樹——／／我終於看見了
> 機緣／冥冥之中或早有安排／在我與他、與無花果樹之間
> ／開展了盡在不言中的／契機與／氛圍／／他說：哪，你
> 看那棵——

兩首詩都以「無花果樹」開顯了存有的自我本真，尤其是當
詩人處在操勞世界的忙迫之時，往往會讓自己陷落於「存在的遺
忘」裡，就海德格而言，這是一種沉淪，或遮蔽，而「無花果樹」，
做為外在之物，因緣觸動了詩人生命之感，讓詩人之思得以迴向
自身，或復歸於自然的存在之境。「樹」在這兩首詩裡都是實物
虛寫，是詩人靈視下的意念，前者於「繼續等待」中呈現拳曲之
思，後者卻在「我與他」的共存（co-existence）之間，形成了某
種存有的召喚。從現象的把握上，「我與他，與無花果樹」（在世
的共存／因緣結構）在靜視的照面下，遂有了其內在的生命連

繫，而詩人就是通過對外在事物／他者的互動，觸發內心的感知，進而去把握住「世界」的種種現象，由此，存有者也在其中得到自我揭顯。故從這方面來看，詩與思，與語言的敞開，似乎讓這兩棵「無花果樹」，在存在的詩意裡，令人產生了可以仰視的高度。

而貧乏的年代，詩人何為？無非不就是在無數混沌的暗夜裡，在燈下，堅持以筆撐起孤獨的身影，並循著神思的指引，孜孜走向生命道路上最遙遠的那個地方嗎？這過程，心靈的內索，自有其之存在境界的參照。是以「無花果樹」的證成，歷經了三十年「走失的詩和詩人」之後，遂有了詩人禱詞式的誓語：「做一個快樂、自足／努力不懈的吉蘭丹人，我／攤開紙與／筆，把記憶栽種／把足跡根植／澆鑄成日後我回眸／一棵永不凋謝／的大樹」（〈大樹〉）。因此詩創作，不只被黃遠雄視為生命創傷的一種書寫治療，而且也逐漸成了銘刻時間，記錄現實，展現存有的認知意志。這是詩人存在而真實的證據。所以，從「無花果樹」，到「一棵永不凋謝的大樹」，這一書寫過程的跨越，之間，我們可以窺見了詩人在詩裡的自我觀照、省思、情態流露等等的存在蹤跡，那是感知／認識主體說出自己的一種解蔽方式，一種屬於「根在／樹在」的存有詩性言說。

無疑的，「樹」的意向指涉，讓黃遠雄的詩，有了他獨特的聲音。不論是指向語言主體（我）的「樹」（tree），或做為「無名集體性」（族裔）的「樹」（trees），詩人變象易言，讓「樹」的形意展現了多種存在的姿態。而「樹」在詩中，在時間之中，也在世界之中，不斷被感知／認識主體賦於意義的同時，也使得感知／認識主體因此而得到揭示和理解。至於，就「時間」（time）

而言，海德格曾指出它是一個現象世界（在「世界之中存在」的世界），它具有「時間性」（temporality），而人的存在即含蘊於這「過去、現在、未來」的時間性內，並於當下的「在」中綻放出意義來。換句話說，人的存在本真是由「時間性」敞開的。因此，面對日常轉瞬即逝的時間，人難免會產生「怕」的恐懼心理；尤其是面對老去。

故黃遠雄在〈老樹〉一詩裡，通過「樹」的隱喻，不但寫出了一分在世的競逐，無情和殘酷的現象。更重要的是，在這現象背後，他也揭示了「操心世界」所必須面對的問題——時間逼迫的存在焦慮。詩中描述：「一張張油綠青嫩／有待磨礪的臉龐」，「處心積慮／把不為人知的私欲／秘密根植於地底」，其目的無非是為了展開「取代」的動作。而相對於雄心勃勃的年輕一代，做為「老樹」的我，至終不得不面臨「一具巨型的割草機／軋軋開至」，以及必須面對「就地連根拔起的命運」。在此，時間詮釋了一切，它成了詩中來回於題旨的隱喻指向，而且也給出了命運。故〈老樹〉所透顯的傷痛和悲涼書寫，除了源自於「自我」對「他者」的妥協外，極大部份，還是來自於存在者，面對老去的時間時，所無以逃避，也無可逃避的現實命題。

總而言之，「樹」做為隱喻，已構成了相當飽滿的隱喻系統，它含攝了詩人喜怒哀樂的存在情態，也敘述了存有者在時間之中的一份存在言談。故「樹／我」主客交涉和互涵的寫作技法，處處留下了詩人身陷「在世」的心情波動和創傷。其詩中有現實的苦澀，也有生命真摯的聲音，那是一種來自肺腑最直接的吐吶。然而，更多時候，我在讀黃遠雄的詩時，卻常常不經意地讀出了他生命中的一分憤慨、不甘和無力感，這是五十歲後，詩人與世

界照面的切身感知？還是存在者處在世界之中，經受日日生活的磨難，而產生出生命（包含體貌）磨損又無可奈何的喟嘆？

三

　　過了耳順之年的黃遠雄，無疑已然歷驗了世路風霜的冷暖，並已開始懂得病痛和死亡的意義。營建業上的起落，生活的頓挫和困阨，人生際遇的曲折，親友的亡病，以及社會價值的不公等等，無不讓詩人更能探入自我生命的內部，並深切地感受到人之存在中「不得不然」的性向。因此，我認為，一名詩人寫詩，其筆下所表現的「深沉」──不在於語言的晦澀或意象的繁複，也不在於修辭的開展和收攝，更不在於知識和主義的編織之中，而是在於自我敞開時，生命所展現的那分刻度。這不是任何技藝所能掩飾和替代的。

　　在這本詩集中，黃遠雄有大部份的詩，正是表現在此一生命的直顯上。這類存在本然呈現的詩作，可喻之為──「詞語的眼睛」（海德格語），一種「語言將自身持留在書寫的形象」，由此而揭示了本己在世的姿態。誠如當代現象學所強調的，外在事物的糾葛與牽扯，往往可指出自我的存在位置；故物我之間，或物物之間，都是一種相交相參的表現。是以詩人寫詩，就如莊子在〈齊物論〉中談天籟時所說的：「夫吹萬不同，而使其自己也」。詩亦如是，都是詩人緣外在物象，化為自我內在生命的呼聲。

　　回到黃遠雄的詩，我們讀到：〈紙鳶〉通過風箏在空中衝升與急速盤旋，寫出個人內心仰棄的苦苦掙扎；〈風水〉則由居家位置而陳述鬼神不驚的胸中坦蕩；〈夢說〉卻以新山和哥市的兩

地空間人事，敘述人世幻化之感；〈星空下的塵埃〉則經由淒迷的塵埃與星子，透顯內心的憤慨與釋然；〈天窗說話〉以物易象，言說自我的人生思索和生命意志；〈草徑〉是通過腳下踩踏的草徑，一方面控訴城市鋼骨森林圍造成人欲競鬥的無情，一方面則隱喻自己如草徑般，即使被踐踏卻仍不失於對生命和生活的熱望；或〈鐘樓〉藉哥市圓環中的鐘樓，表述了詩人對吉蘭丹政客反覆的嘲諷等等。這些詩作，無不以物易象，以象言說，其意向所指，均是源自於詩人與外在事物的互涉，由此，以映現出自我心靈生命的一分躍動。其中，最典型的如〈頑岩〉一詩，語言主體陳述：「我被突如其來的體制設障詰難／從旁呼籲的狂飆干預／讓位予後來的車速」，而心生不公、不平和不甘，以至詩的末尾，我們讀到，詩人化自我為一歷盡浪濤侵襲的岩堤，直白說出：

> 無條件繳械，一口氣／恕難從命／／向祂表達／殘垣斷壁，充滿挫折的頹勢／是必要的

或〈寫詩與守夜的癩狗〉一詩，前段寫「一隻閱歷豐富的癩狗／對著一座空無的夜」狂吠，第三段卻回到自身，陳述出：「我寫詩，極其需要／與文字特有的敏銳性／保持靈光一觸／驚心動魄的交會」，及至末段，則癩狗與我形成了主客相對，卻又互涵的自嘲況味：「一隻癩皮的老狗／適時出現／牠有意無意的狂吠／正好劃破淤滯的時空／讓我抬眸／回神／照見來時路」。因此，明顯的，黃遠雄常以日常生活之事，或觸目所見之物，做為詩中的比興，以呈現當下的存在感受。這樣的取材和語言經驗表現，已然成了他相當熟練的書寫模式，這也可以說是其詩風格的一種臻境。

是以，詩說自我，而生命就在其中敞現，是存在言說的一種存在方式。這類詩，是心靈的燈式投射，或如象罔對談，別有意旨。中國傳統詩一直以來皆有「興、觀、群、怨」的意向性表現，不論詩言志或詩緣情，都是存在者逼視和蜷曲於生命深處所發出的聲音，這裡頭，毫無取巧或偽飾可言。故因「逼視」，所以才會有「怨與怒」，「美刺」和「興寄風骨」等等筆法，這尤其是表現在具有微言大義的政治詩中。在這本詩集裡，黃遠雄雖然也通過詩的政治修辭表達了他對時政的感受，如〈人工彩虹〉、〈長堤兩岸〉、〈星光背後〉等，尤其後一首，其對政客騎牆的性格有著非常精彩的詮釋：「他豢養一尾難纏的蛇蠍／獨愛蜷曲在向晚／蠕蠢的涼意裡／／就是這道屏障／教他從此兩端出沒、巡幸／樂此不疲」，然而政治詩仍然不是他的強項，唯有回到探索存在的課題，才能在其中真正揭顯出其之生命的深沉處。尤以這首〈設立窗檻〉為最：

> 非議他者擅弄徑口一致管道／擁護隱私權之同時／強勢詮釋各自流派精彩行使空間／避免擦槍走火／我建議、設立權宜的箝制／有別於一般／家長式的一言堂
>
> 我監視他者之同時／我被監視
>
> 窗檻之所以設立／賦於檢舉／一概破空投擲進來的物件垃圾／申訴／並提出反建議
>
> 我被監視的同時／我監視
>
> 無非要我警惕、固定視線／恰如其分的位置／以及縷刻透明高度於一般慣例／鑑定的尺寸／我無意混淆視聽／鵲巢鳩占

監視在被監視下如常進行／一切噪音行將止於智者／我
循序跟進／無意包庇／踰越

這首詩很容易令人想起傅柯（Michel Foucault）對「全景敞
視」（the panocticon）監獄所作的規訓權力技術之分析，它折射
出了現代執政者在一個政治窗口下，通過「監視／凝視」（不論
是操縱傳媒，創造閱聽大眾的忠誠與順從，或經由國家機器，以
控制和規訓民眾的身體等）去進行語言思想的建制和統一化。然
而與其將這首詩當著政治詩類閱讀，我寧可將之視為詩人對存在
主體的存在省思來詮釋。而實際上，政治與人之存在，是有著其
難以切分的糾纏關係。即使在公共場域，人與人的交往，仍蘊藏
著權力鬥爭的政治操作現象。因此自我主體存在於世界之中，思
考如何於存在裡去持有存在的主體性位置，仍是一個存在者的難
題。故在詩裡，我們讀到詩人的辯難，以「窗檻」的框架設立，
去箝制他者的「一徑管道」，而形成了主客之間的互相監視情態。
是以「我監視他者之同時／我被監視」與「我被監視的同時／我
監視」，形成了對角，這裡頭凸顯出了我與他者在監視的「同時」，
於相互凝視的剎一時間下，轉化成了相互結合的存在關係／結
構，這種可見或不可見的目光，在日常生活中無所不在，最後必
然會內化成了自我的監視，這如德希達（J.Derrida）所說的：「任
何人都可以感受到被某種不可見的東西／幽靈凝視著」，這樣的
凝視，形構了「監視在被監視下如常進行」的相互存在情景，以
及日常習性，它無疑也成了一種存在的遮蔽，或存在的陷落。而
詩人在此自我嘲諷：做為智者，唯有將自我置入規矩之中，不跨
越界線，始為生存之道。

這存在的辯證，揭示了存在之兩難：即趨向獨立自我，或成為群眾共在的常人（das man）？詩中彷似給了答案，事實上，在自嘲之下，卻留下了空白。而在寫於 2007 年，置於詩集末尾的一首詩〈面對〉，我們似乎窺見了詩人面對歲月的某種坦然，之前生命的鏗鏘、躁鬱、不滿、悲憤、掙扎等等，盡全化成了：「坦然面對，一支鎮壓部隊／驅伏著動輒得咎的數據／延宕、杳踏／不可預設的行程」，以及「一吋一吋，我們慎重其事地造勢／為節奏渙散的隊伍，再三／夾道恭候、迓迎行將蒞臨但／終究會／煙硝雲散的一支曙光／洗塵」，舒緩的語言節奏，淡定的心情，陳述了生命面對歲月鎮壓的一種妥協，這是存在者「不得不」的生命展現，一種——智者對自我相處的最好方法。

以物象言詩，復歸於自我生命的舒展，是黃遠雄揭示自我的一種表現方式。而詩中物象的流動，與輻射出的符徵，讓詩有了迴旋的餘地；然而，有一小部份的詩，卻因為情緒的把持不住，而使得語言陷於意涵外現的窘境，這無形中也削弱了詩質。然而，就整體而言，遠雄的詩在存在言說的表現上，還是有其自我獨特的視域和聲音的。

四

黃遠雄的《等待一棵無花果樹》，詩作排版以作品刊登日期為順序，分成四輯。故順此時間的流脈，讀者可以在翻動詩頁間，一路追蹤詩人深埋於文本之中的存在蹤跡，並以此進行「召喚的閱讀」。而每首詩的詩題，以注音符號標注，予人一種回到原初

（作者小學時）拼讀的歲月，這種語音的懷念和追憶，成了詩人「最後的在家」——存在的見證。

或許，在這本詩集中，許多詩潛伏著語言主體的自我生活歷驗，以及感思；因此，有些讀者可能在探入詩內，跋涉之間，難免會遇到一些嶙峋磊石的阻礙而心生挫折，然而類此發乎生命之詩，若不搬開詩人胸中塊磊，豈能窺得其精神生命之究竟呢？接下來的問題是，讀者如何能搬開詩人胸中的塊磊？這不就是要回到孟子所說的老問題：「頌其詩，讀其書，而不知其人可乎？是以論其世也」（〈萬章〉下篇）的知人論世之說？當然，如果你把孟子的這一老套說法撇開，而信仰羅蘭・巴特（R.Barthes）的「作者已死」，並認定一切都必須復歸於「文本」，「文本」之外無他物，以及強調讀者創造文本的意義等，那麼，就會引伸出另一個問題來，即為何無法在黃遠雄的詩語中找到一個生命感的共通？甚至想像？

黃遠雄的詩，常以現實的經驗、存在、以及通過當下的生活世界與感覺出發，這形成了他詩中在世的一種態度，或姿態。這種姿態不依傍於理論、知識，或主義之類，而是出自於生命本真，並藉由與外物對話，或隱喻；或比興，甚至有些詩，直白地進行「即物書寫」，訴諸於政治現象。這些詩強調「寫甚麼」，甚於「如何寫」的表現，然而同在這創作基礎上，其詩卻不若游川詩作的短小精悍、凝練、狠快與精準（當然，這是指游川的一些名作而言，因為游川也有些作品，因語言鬆散而垮掉，然而誰又能每一出手，都是名作呢？）。再者，游川的詩取徑於台灣「笠」詩派，強調現實、批判和抵抗的精神；而遠雄的詩，主要卻還是在於生命的內視，自我存在的揭顯，因此其詩語言寫實，甚至舖陳、更有些詩介於語言概念化和物象的隱喻之間，使得詩的思維性質遠

勝於想像，而導致提供給讀者的想像空間變小。另一方面，一些
詩中所陳述的心理創傷，形成了一種壓抑循環的情緒，這與控訴
現實的言談，常常相互輻湊，而成為一種私我的獨白，這使得
缺乏此一生命歷驗的讀者，在閱讀這類詩時會產生障礙；或曰
之：隔。

　　在此做個粗淺的比喻，遠雄的詩語言，性趨木質，木質上雖
有其年輪（時間）的切片和佈滿生命的紋路，然而卻密實嚴禁於
一些自我的隱喻之中，往往使讀者不得其門而入，或產生誤讀（這
是在「作者論」的意義下說的）；它不若皺摺的皮層性語言，在
皺摺和皺摺伸縮之間，因含攝了更大的彈性／張力，使隱匿其間
的生命／歲月意涵，於摺層裡，有著可供人想像的空間；而且經
由展讀，讀者也可以依照自己的文化脈絡和思考，隨著皮層語言
紋路的開展而擴張。畢竟，詩的流傳，還是在於它的開放性和「多
重意義」（connotation）書寫特質上的。而遠雄其實是自覺到這一
點，在「文字密雨不透」和「匿附的符碼」（〈墜樓〉）中，他曾
以戲謔的語調詢問讀者：「你在看我的詩嗎？你在讀我的詩嗎？
你都懂了嗎？」並對讀者的誤讀和調侃不以為意，且以詩言志，
堅持著自我詩法的理念，自比為蠍，高舉毒尾，大有生人勿近之
意：「我倒喜歡，獨個兒／像一隻戰意鼓鼓的／毒蠍，鉤起紅燈
籠般／虛掩的意象，薑尾／高豎」（〈蟹與蠍之間〉）。

　　當然，做為一名詩人，不若馳騁商場，遠雄是有其寂寞的。
然而，也因為做為一名詩人，他更能在風沙歲月之後，去聆聽和
省思生命心靈的悸動；並以詩，揭示自我。這是其之異於「常人」
之處。而讀遠雄的詩，我常讀出了其詩的生命姿態，這樣的姿態，
使他的詩在馬華詩壇上，有著獨特的聲音（在馬來西亞，一名作

者若能於創作中，給出姿態，就可說是很不簡單了。而這姿態，包含了創作理念、語言風格、作品生命的意向性等等。若無姿態，實難成「家」）。如今，這棵不斷在風沙中走動的樹，已然移植半島南方的江岸，成了一棵無花果樹，詩果纍實，自成天地。然而，這樣的一棵無花果樹，在熙熙利來、攘攘利往的街市，又會有多少人停下腳來注目呢？

五

現今，我在異國的桌上翻開遠雄的詩集，翻讀他那在歲月中一路遠行的文字，突然感覺，許多懵懂的少年歲日都回來了，一如許多年以前，就在東海岸那多雨的小鎮，在十二月季候風翻飛的雨聲裡，我低頭用自己四音不全，認字不多的華語，就雨點校讀著他的詩句。一句一句，都是自己青春的聲音。而現在，在島嶼暮春的校園內，在人到中年的時刻，仍能夠閱讀到來自千里之外故人的詩句，無疑是件愉悅的事。而我相信，在創作的路上，就如遠雄自己詩中所說的：只要根在，樹也會在。而我更相信，只要樹在，詩也會在。是的，詩在，故我在。

而詩對詩人而言，猶如暗夜裡的燈，燈亮著了，詩人才會辨知自己存在的位置。

所以，就如〈真正的無花果樹〉中的那句：「我與他、與無花果樹之間」的位置思索，那裡頭，應該會有無限生命的契機，在遠雄的創作中，不斷召喚，不斷追問，並向前繼續開展著……。

我深信，遠雄的詩，將會在馬華詩壇上，開放出枝繁葉茂的氣象。

【參考書目】

黃遠雄著《等待一棵無花果樹》，新山：馬華文學館，2007。

論文發表時間、期刊、評論副刊、雜誌表

1. 文本、影像與女性符號的再複製──論張愛玲的小說電影
   （刊登於《中外文學》月刊第 33 卷第 1 期 2004.6）

2. 女子絮語──論平路《凝脂溫泉》的閨閣敘述
   （刊登於《書評》雙月刊第 63 期 2003.4）

3. 女體神話──論郝譽翔〈洗〉中的女性存在話語
   （刊登於《自由時報》週日評論 2003.11.13）

4. 子宮迷圖──心岱《地底人傳奇》的生態書寫
   （刊登於《自由時報》週日評論 2003.7.6）

5. 愛的悼亡詞──讀蔣韻的《隱密盛開》
   （刊登於《南洋商報》小說評論版 2006.3.19）

6. 暴虐與溫情──論余華的《兄弟（上）》
   （刊登於《文訊》月刊 2005..12）

7. 多重的變奏——論林燿德的都市散文

（刊登於《中國現代文學理論季刊》第十期 1998.6）

8. 烏托邦的祭典——論鍾怡雯《河宴》中的童年書寫

（刊登於《中國現代文學理論季刊》第九期 1998.3）

9. 詩另類散步法——論陳大為散文〈木部十二劃〉書寫策略

（刊登於南洋商報的南洋文藝 2001.9.18）

10. 曠野上的星光——論陳大為的史詩書寫

（刊登于《國文天地》第十二卷第十二期 1997.5）

11. 時光的回眸——論秦林《雙子葉》詩集中的抒情書寫

（刊登於金門日報浯江副刊 2001.10.26-29）

12. 兩種情懷的詩性言說——論李宗舜〈音樂課〉和〈經典〉

（刊於更生日報四方周刊評論 2008.10.26）

13. 我與他，與無花果樹之間——論黃遠雄詩中的存在世界

（《蕉風》半年刊（第 500 期，2009.12））

新銳文叢　AG0137

新銳文創
INDEPENDENT & UNIQUE

秘響交音
——華語語系文學論集

作　　者	辛金順
主　　編	楊宗翰
責任編輯	孫偉迪
圖文排版	王思敏
封面設計	陳佩蓉

出版策劃	新銳文創
發 行 人	宋政坤
法律顧問	毛國樑　律師
製作發行	秀威資訊科技股份有限公司
	114 台北市內湖區瑞光路76巷65號1樓
	電話：+886-2-2796-3638　傳真：+886-2-2796-1377
	服務信箱：service@showwe.com.tw
	http://www.showwe.com.tw
郵政劃撥	19563868　戶名：秀威資訊科技股份有限公司
展售門市	國家書店【松江門市】
	104 台北市中山區松江路209號1樓
	電話：+886-2-2518-0207　傳真：+886-2-2518-0778
網路訂購	秀威網路書店：http://www.bodbooks.com.tw
	國家網路書店：http://www.govbooks.com.tw

出版日期	2012年4月　初版
定　　價	220元

國家圖書館出版品預行編目

秘響交音：華語語系文學論集 / 辛金順著. -- 一版. -- 臺
北市：新銳文創, 2012.04
　　面；　公分.
BOD版
ISBN　978-986-6094-67-5（平裝）

1.中國文學 2.文學評論 3.文集

820.7　　　　　　　　　　　　101002758

讀者回函卡

感謝您購買本書，為提升服務品質，請填妥以下資料，將讀者回函卡直接寄回或傳真本公司，收到您的寶貴意見後，我們會收藏記錄及檢討，謝謝！
如您需要了解本公司最新出版書目、購書優惠或企劃活動，歡迎您上網查詢或下載相關資料：http:// www.showwe.com.tw

您購買的書名：＿＿＿＿＿＿＿＿＿＿＿＿＿＿＿＿＿＿＿＿＿＿＿＿＿＿

出生日期：＿＿＿＿＿年＿＿＿＿＿月＿＿＿＿＿日

學歷：□高中 (含) 以下　　□大專　　□研究所 (含) 以上

職業：□製造業　□金融業　□資訊業　□軍警　□傳播業　□自由業
　　　□服務業　□公務員　□教職　　□學生　□家管　　□其它＿＿＿＿

購書地點：□網路書店　□實體書店　□書展　□郵購　□贈閱　□其他

您從何得知本書的消息？

　□網路書店　□實體書店　□網路搜尋　□電子報　□書訊　□雜誌
　□傳播媒體　□親友推薦　□網站推薦　□部落格　□其他＿＿＿＿＿＿

您對本書的評價：(請填代號　1.非常滿意　2.滿意　3.尚可　4.再改進)

　封面設計＿＿＿　版面編排＿＿＿　內容＿＿＿　文／譯筆＿＿＿　價格＿＿＿

讀完書後您覺得：

　□很有收穫　□有收穫　□收穫不多　□沒收穫

對我們的建議：＿＿＿＿＿＿＿＿＿＿＿＿＿＿＿＿＿＿＿＿＿＿＿＿＿＿

＿＿＿＿＿＿＿＿＿＿＿＿＿＿＿＿＿＿＿＿＿＿＿＿＿＿＿＿＿＿＿＿＿

＿＿＿＿＿＿＿＿＿＿＿＿＿＿＿＿＿＿＿＿＿＿＿＿＿＿＿＿＿＿＿＿＿

＿＿＿＿＿＿＿＿＿＿＿＿＿＿＿＿＿＿＿＿＿＿＿＿＿＿＿＿＿＿＿＿＿

11466
台北市內湖區瑞光路 76 巷 65 號 1 樓

秀威資訊科技股份有限公司　　　收

BOD 數位出版事業部

....

（請沿線對折寄回，謝謝！）

姓　　名：＿＿＿＿＿＿＿＿＿　年齡：＿＿＿＿　性別：□女　□男

郵遞區號：□□□□□

地　　址：＿＿＿＿＿＿＿＿＿＿＿＿＿＿＿＿＿＿＿＿＿＿

聯絡電話：(日) ＿＿＿＿＿＿＿＿＿＿　(夜) ＿＿＿＿＿＿＿＿＿

E-mail：＿＿＿＿＿＿＿＿＿＿＿＿＿＿＿＿＿＿＿＿＿＿＿